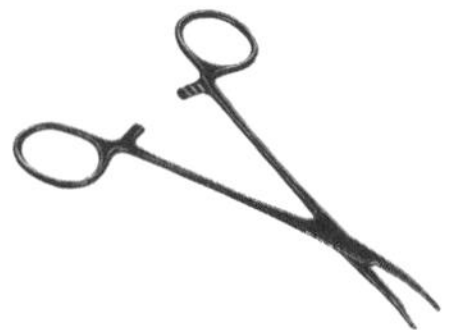

黑色止血鉗1988

ブラックペアン
1988

by KAIDOU TAKERU

目次

序章　泡沫經濟・頂點

西元一九八八年，昭和六十三年，泡沫經濟迎來最高峰，世界正面臨前所未有的榮景。生活在經濟快速成長中的人們，並不認為此時已是繁榮的顛峰，他們將此歸功於日本的國力與勤奮的民族性必然的結果，相信好景氣會一直持續下去。

這恰巧與人們對於「昭和」這個年號的想法不謀而合。

對於大部分的日本人來說，長達六十多年的年號「昭和」已是宛如空氣般的存在，他們對此抱有錯覺，誤以為昭和是歷久不衰的。因此在前年傳出昭和天皇的慢性胰臟炎其實是十二指腸癌的消息時，許多國民都大為震驚。儘管如此，人們依舊天真地相信這個時代會繼續下去，互相聊著即將到來的二十一世紀便是昭和七十六年這般無傷大雅的小事。

然而蕭條的氣息已悄悄從街角蔓延開來。無論是繁華的景氣，還是昭和時代都難逃一劫。

隔年一月，大家堅信會永存的昭和時代，隨著昭和天皇的駕崩乾脆地畫下休止符。與此同時，泡沫經濟也緊隨在後崩潰了。

如今已是平成二十年。回顧這幾年，社會面貌的改變足以令人吃驚，而醫界也掀起了另一波巨變的浪潮。

現在回首去看一九八八年，便能發現當今所有醫療問題早在那時便已萌芽。近年常有人指出醫療制度的崩壞，但那些問題並非某天突然冒出來的。它們以緩慢卻確實的速度朝著崩壞一步一步前進。

勉強緊鄰著首都東京通勤圈邊緣、只有二十萬人口的小都市櫻宮市，也面臨著同樣的問題。

就在這種背景下的一九八八年五月，某個晴朗的早晨，一名實習醫生奔馳在通往東城大學醫學部附設醫院的斜坡上，這名青年的名字叫做世良雅志。

第一章　前鋒　五月

他奔馳在坡道上，腳上是重量不輕卻已穿慣了的運動鞋。他目不轉睛地盯著斜坡上的終點。對於在東城大學醫學部足球社中鼎鼎大名的飛毛腿後衛而言，輕鬆跑完這點程度的坡道是必須的。

宛如峭壁般的坡道阻擋在自己面前。原以為是偷閒跑去歐洲玩了兩個禮拜的關係，但轉念一想，不對，體力開始下降應該是在更前一年，為了準備醫師國家考試每天焚膏繼晷的關係。

他穿過正門。成排的櫻樹長滿了新葉，看起來十分耀眼。會選擇用跑的穿越過去只是自我滿足而已。採用足球中的疊瓦式助攻[1]持續往前衛，最後再撼動球網，這才是王牌的使命。

1 疊瓦式助攻（overlap）為足球戰術之一，後排人員超越前排己方球員，從後方插上，增加進攻人數，創造進攻時人數優勢，好像一層疊一層的疊瓦片一般。

跑在堤防上的小徑時，可以俯視下方的網球場與足球場，那瞬間，世良覺得十分懷念。為了拋開突如其來的多愁善感，他開始最後的衝刺。此時，他的背後傳來了上課鐘響。

一直往直線前進就是世良的目的地。那是一棟古老的紅磚樓，五層樓的建築在陽光的熱氣中微微晃動著。他盡情地用左腳一踢，透明的球便在初夏陽光的沐浴下撼動了無人看守的球網。

那瞬間，響徹雲霄的歡呼聲在世良的耳邊迴響著。

衝進手術中心後，空蕩蕩的更衣室像是擺出一副冷淡的樣子。他一把抓起L尺寸的手術衣，將脫下來的白衣隨便扔進置物櫃裡。

「死定了，完全遲到了。」他小聲地嘟囔著。

在他急忙拿起褲子往櫃子裡丟時，錢包從口袋裡掉了出來，零錢也跟著散落一地。

「真是的，也太會挑時間！」

世良抬起地上的踏板，一把抓起那些零錢，也不介意附著的塵土，直接將它們都扔在櫃子裡的白衣上方。

他光著身子直接套上藍色的手術衣，粗糙的布料將他的睡意一掃而空，只覺得胸口一陣冷颼颼的空氣。

世良很喜歡手術衣粗糙的觸感，但對於手術褲就頗有微詞了。因為取代腰帶的繩結經常會滑來滑去，怎麼費盡心思也繫不好。

他一邊將手術褲往上拉，一邊鎖上置物櫃，再將鑰匙放進胸前的口袋。接著用腳從亂七八糟的拖鞋堆裡隨便挑了兩隻穿上，往前踏出。或許是沒踩穩，他立刻在亞麻地板上滑了一下。

「這麼匆匆忙忙是做不好手術的喔！」

他往聲音的方向一看，一股血跡的腥味撲鼻而來。對方的手術衣上沾滿了血，看起來才剛動完手術。但現在比起常規手術的結束時間還要早上許多，大概是臨時的緊急手術吧。

他調整了一下口罩的鬆緊度，向對方點了個頭示意，毫不理會對方的訓話。

世良是三天前才剛加入佐伯外科的新人醫師，因此就算在外科醫師頻繁出入的手術室裡見到陌生面孔，也沒什麼好奇怪的。話雖如此，世良原本就是東城大學的畢業生，只要是這裡的醫生他幾乎都見過幾次面。但他卻對剛剛那名男性的臉毫無印象。

或許是錯覺也不一定，畢竟對方還穿著手術衣，唯一能看到的只有眼睛。換作是一張完整的臉，給人的印象也會大大不同。

那名男性的眼睛似乎正直盯著遠方的什麼，那強烈的視線，像是穿著一身手術衣的世良現在是裸體一般。

男人的身影消失在更衣室盡頭的淋浴間。隨後傳來他脫下手術衣，並用力地將衣服丟進洗衣籃底的聲音——也可以聽見男人的聲音。

「真是的，這間醫院到底是怎樣啊……」

世良回過神來，看了一下牆上的掛鐘後，急急忙忙地跨出步伐。

自動門開啟。

映入眼簾的是手術中心的中央走道，走道兩側則是成排的手術房。

東城大學醫學部附設醫院，俗稱赤煉瓦棟。這是一棟歷史悠久的建築，換而言之，就是一所老舊的醫院。這棟二次大戰前就存在的歷史遺跡中，只有手術室所呈現的風格與現代搭得上邊。三年前，醫院正在進行大規模的改建工程，那時在手術中心設置了包含「第七無塵室」等七間手術室。原本古色古香的醫院手術室一鼓作氣地走向現代化。

儘管下了這樣的重本，最後卻是無疾而終，因為兩年後又決定要新建醫院了。新醫院已經開始動工了，預計一年後完工。明年初的院長選舉，也因此成了大家在走廊上的熱門話題。

新院長在新醫院的整體設計上講話較有分量，也能憑自己喜好加以干涉醫院的內部構造。做為一名擁有特殊待遇的院長，還更能名垂青史。

不過，還只是實習醫生一年級的世良是無法知道這些事情的。

從整潔的走廊開始就算是手術室的範圍了。整潔這個詞，在這裡與殺風景三個字屬同義詞。雖說走廊被賦予了「機能性」這個最優先的考量，但世良放眼望去，到處都是方方正正的，不管看向哪裡都是一直線。

行走在其中，不禁感覺自己也成了一個十分無聊的人。

輝煌的燈光明亮地映照著走廊，那是不論白天或夜晚，都不會改變的亮度。或許不是故意設計成這樣的，但身在手術室時，的確會因此忘了時間的流逝。

長長走廊的盡頭，幾名外科醫生正在鏡子前面刷手[2]。趕上了。世良鬆了一口氣，接著若無其事地混入隊伍裡。

「才剛開始實習就連續遲到，膽子不小啊你，世良。」

發出低沉嗓音的是已經在佐伯外科待了八年的前輩，垣谷助手。世良縮了縮脖子，討好地笑了一下。垣谷備受大家愛戴，似乎還被認定是未來的教授候選人。他也是獵人頭的專家，世良就是被他帶進佐伯外科的。同時他還是足球社的前輩。根據足球社的紀錄，垣谷似乎是負責防守核心的中後衛。

順便一提，他的身材在進入醫院工作後還是維持得很好。

「對不起，不過我勉勉強強趕上了吧！」

世良捲起袖子，面向牆壁的鏡子。踩了踩腳下的踏板，取出刷子。接著又踏

2 外科開刀房的手部消毒動作。

了另一個踏板，用刷毛的部分去接茶褐色的優碘。一旁的垣谷斜著眼看著世良說道。

「對外科醫生來說，刷手可是基礎中的基礎，好好刷乾淨啊！」

世良點了個頭，再度看向鏡中的自己。首先，用優碘概略地洗一下，再用水大概沖一下，最後把剛才的刷子丟棄在水槽裡。

到目前為止都只算是刷手的前奏，主要是為了用乾淨的手拿乾淨的刷子。他再度取出新的刷子，這次他將刷子充分沾滿優碘。接下來才是重頭戲。他帶有節奏感地用刷毛刷起指甲，首先是右手的指甲，再來換左手，十隻手指都刷過後，茶褐色的優碘也起了不少泡沫。之後是手指的第一個關節、第二個關節，一點一點往身體的中心靠近。他張開手指，用刷毛將手指由上往下刷。一定要從手指的末端往身體中心移動，絕對不能反向操作。

世良略帶睡意的腦袋閃過一個想法：這個動作說不定和剝洋蔥皮是一樣的道理。

將髒汙往身體中心集中，唯獨接觸患者的手指必須徹底清潔。用沾滿優碘的鋼毛刷洗十遍，這就是外科醫生的清潔標準。萬一不小心碰到匯集髒汙的身體部位，就必須從頭來過。

世良繼續刷手。手掌的正面和反面、手腕、上臂，接著再次從一根一根手指往下臂移動，每個部位都像是一個六角柱，每個側面都要刷上十次。刷洗的方向由身體末端往中心移動，不能亂了順序，一切都在相同的標準下進行。

刷手到最後會停在手肘的位置，世良並沒有直接用水沖掉，而是在腦中再次確認有沒有漏洗的地方。他並不是特別愛乾淨，但卻很喜歡手術前刷手那種充滿系統架構的流程。這會讓他想起橙色軍團[3]的荷蘭足球。

當下臂被茶褐色的泡沫完全覆蓋後，第一階段才算結束。

第二階段，用水沖掉優碘的泡沫。清洗方式一樣是從手指往軀幹的方向進行。從末端往中央的規定也一如既往。當他踩下第三個踏板後，彎曲的水龍頭迅速流出水來。他伸出手指來接水，小心地控制流向手臂的水量，讓水沖去所有髒汙。從手指到手肘，從身體末端到軀幹。所有髒汙都會往軀幹匯集。

外科醫生的身體或許就像大海一樣。這句話並不是隱喻，而是含有「所有髒汙最終都會流向身體」這層現實的意思。

在水流將優碘都沖洗乾淨後，世良踏下最後一個踏板，溼紙巾便吐了出來。他像在纏繞捲筒似地擦拭著溼答答的手指、手掌和手腕。這裡也必須遵從由末端往中央的方向。這樣一來，才稱得上是完美無缺的手指清潔。

一直在背後等待的綠衣護士[4]這時才攤開藍色的手術衣。被折成四四方方的拋

3 荷蘭的足球國家隊代表會穿著一身橘色的制服，因此被稱為「橙色軍團」。

4 現今已正名為護理師，但一九八八年代多使用「護士」一詞，此處配合故事時代背景保留用語。

棄式紙製手術衣，經由負責輔助醫生的護士之手，一面一面地攤開，最後變成了一件長袍。

她提起手術衣的衣領往世良遞去，讓世良將手臂伸入袖筒裡，再拉緊背面的衣帶，手術衣便完全將世良的身體包覆起來了。她將衣帶交給世良，讓世良自己在身體正面打了兩個結。之後，裝著乳膠手套的玻璃紙被啪地撕開，護士取出手套並以雙手撐開等待世良乾淨的十指。在護士將他的十指套進手套後，世良的手指才算完成乳膠包覆。

世良快速地瞄了一下鏡中的自己，感到十分滿足。

——不管怎麼看，都是一位優秀的外科醫生。

這麼一想，世良突然想起關係早已疏遠的前女友祐子，她是一名女性上班族，雖然不知道現在在東京的哪裡工作。他想起她從前經常掛在嘴邊的那句話。

不用肥皂洗手最噁心了！

如今，普通人怎麼洗也沒辦法洗得這麼乾淨吧！

我要在刷手區一雪從前在前女友那裡受到的小小恥辱。世良這麼想著。

儘管如此，世良也只有這個瞬間可以自詡為外科醫生。自動門開啟後，隨著心電圖的機械音傳來，他便來到另一個世界。在這裡，世良只是一名實習醫生。醫師的國考成績將在五月中的這個禮拜五公布，換句話說，還要四天才知道能不能成為醫生的自己，現在可以在真正的醫生底下工作，只是暫時通融而已。

但就算是冷酷無情的大學醫院，偶爾也會特別寬容一下，他們將新人排在黃金週後才進醫院工作。從醫師國考結束當天一直到黃金週有整整一個月，這段期間對外科醫生來說是最長、同時也是最後的連休。在這之前就好好地玩吧！大概是出自這種類似父母之愛的心情，醫院才刻意做這種安排。醫學院畢業生幾乎都會趁這段期間去國外畢業旅行，世良也不例外，他在歐洲盡情地玩了兩個禮拜左右。然而，當連假結束，漫長且憂鬱的季節也開始了。

就這樣，今天是世良在外科實習的第四天。順帶一提，國考成績發表那天恰巧正逢黑色星期五。

「反正我又不是基督徒，應該沒差吧！」

世良逞強說道。同年級的北島向他露出不懷好意的笑容。

「你知道嗎？那天還是佛滅日[5]喔！」

世良翻了翻記事本，更正北島說的話。

「不是佛滅日，是赤口日[6]才對。」

「唔，赤口有比較吉利嗎？」

5 日本的「六曜」之一，是六曜中最凶惡的一天，需謹言慎行。
6 日本的「六曜」之一，除了中午時間是吉，其他時間皆為凶。謠傳赤口日是最不吉利的，其次為佛滅日。

「誰知道？」

世良歪著頭說。

他忍不住笑了出來。今年，日本將有八千多人要在耶穌扛著十字架這天成為醫生，這些人之後又會為日本社會帶來怎麼樣的福音呢？不過，這些事情一點都不重要，總之還是得先拿到醫生執照。不然一切就功虧一簣了。

誰都無法保證世良可以通過醫師國考。聽學長說，沒有通過考試的人，就像一開始便不存在於這個世界一樣，隔天便默默地從醫院裡消失了。在第二年通過國考之前，他們在醫院的登記身分都會變成研究生。簡直就像幽靈職員，不，是「幽靈醫生」才對。

帶著忐忑不安的心情，世良踏出做為外科醫師的第一步。

第一手術房的門打開了。無影燈的光線令人感到刺眼，在這種強光照射之下，所有影子都會消失，容貌也變得平凡無奇。戴著口罩的世良，用力咬牙忍住了一個哈欠。

橫躺在手術臺上的是名七十六歲的老奶奶，鈴木久子女士。病名為胃癌，手術項目是全胃切除。站在手術視野外側負責幫忙的流動護理人員是同年級的北島。機靈的他，早在實習第三天就獲得上司深厚的信賴。儘管體型嬌小卻拔得頭籌，比其他人都還要早得到照護患者的任務。也就是今天的手術患者。

一般說來，只要碰到自己負責患者，就可以刷手參加手術。但非常適應這裡的北島，卻在幫忙學長進行實驗時被老鼠咬到手指。無可奈何之下，只好匆忙地由世良刷手，補上自己的位置。

一看到世良，北島就將身子靠近他說道。

「這算你欠我的，早點還我喔！」

「你在說什麼，是你欠我的吧，給我好好記住了！」

「我都把手術刷手第一位的榮譽讓給你了，你好歹也感謝我一下吧！」

「是你自己亂來才搞砸的吧！」

北島是世良從學生時代就交好的損友，和他這樣一來一往的瞎扯，稍早覺得自己是外科醫生的實感也漸漸被拋諸腦後。就在這時，兩人背後傳來一聲怒吼。

「混帳！有時間在那邊廢話還不趕快來幫忙用手術視野，麻醉醫生都等得不耐煩了！」

手術第一助手垣谷向兩人怒斥。世良是第二助手。被訓斥的兩人立刻回到工作崗位上。麻醉醫生正在結束插管的患者眼瞼貼上透明的保護膠帶。北島將X光片放在觀片燈上。此時，站在後方環著手臂監督大家的垣谷又開口大罵了。

「沒必要看CT，把雙重對比造影拿出來，賁門處要特別清晰的那種。食道造影的圖也一起擺上來。」

他壓低音量接著說。

「今天是佐伯教授親自操刀，你們要再做些蠢事，他可是會大發雷霆的。可別牽連到我。」

世良點了個頭，從負責遞器械的護士那裡接過腹膜鉗，用鉗子前端夾出宛如杏桃糖[7]般的優碘棉球，在患者的腹部塗上一層層茶褐色。

這是在為患者的身體做消毒。消毒時依然要嚴格遵守清潔時的順序。起初要將優碘棉球放置患者的心口，亦即手術視野的中心。

他將棉球撲通地放在心口上，如水波擴散般地一圈一圈向外畫圓，一圈一圈擴張茶褐色優碘的勢力範圍。

只要他露出想休息片刻的臉，護士便會立刻遞上新的棉球。漸漸地，上至乳頭、下至恥骨，都覆蓋了一層茶褐色的外衣。

看著自己著色的人體彩繪，世良滿意地吁了一口氣。就在這時，背後傳來了聲音。

「這樣是不合格的。今天的術野有可能會延伸到食道，喉嚨那邊也必須消毒。」

世良回頭一看，只見雪白般的眉毛下，一道銳利的眼光朝自己射了過來。那人正是東城大學醫學部綜合外科教學中心的中心人物，佐伯清剛教授。

7 日本的傳統點心，在水果裹上麥芽放置冰上冷卻後的成品。類似臺灣的糖葫蘆。

在那道視線的催促下，世良立刻開始擴大消毒區域的作業。佐伯教授瞥了他一眼，接著便毫無顧忌地走向展示著影片的觀片燈。

「你的思路還不錯，可惜還差了仰臥位的賁門雙重對比造影啊！」他對北島說道。

「非常抱歉，佐伯教授。」北島縮起身子小聲地回話。

佐伯教授莞爾一笑，「沒事，你才剛進我們研究室四天吧！可以做到這樣已經很了不起了，希望你日後更加精進。」

他拍了下北島的肩膀，取出自己準備的照片，放上觀片燈。接著將雙手交錯抱在胸前，往後退了一步，並瞇起眼睛說道。

「怎麼樣？很美吧？」

「啊？啊……」

呆若木雞的北島只能做出這種曖昧的回應，這對一向處事圓滑的他來說是非常少見的，或許是被佐伯教授的登場方式嚇傻了。

佐伯教授環顧整間手術房，大大地點了個頭。

「很好，很好，今天的事前準備相當漂亮。」

拋下這句話後，他便離開手術房。應該是要去刷手吧！

「佐伯教授好像心情很好耶！」世良對正在集中精神維持術野的垣谷說。

垣谷聽完一愣，他停下手邊的工作，看了一下世良，接著小聲地嘟囔。

「佐伯教授在刷手前一向心情都很好，懂嗎？」

垣谷看向不知該往哪去、直站著發愣的世良，這才恍然大悟。

「對了，你是第一次刷手吧！聽好，你要站的位置是這裡，我旁邊的貴賓席。把腳踏凳拿來。」

「腳踏凳？」

他四下張望了一下，才發現一張上頭鋪了綠色橡膠的小踏臺。但當世良正要伸手去拿時，對方又開始破口大罵。

「混蛋！不要自己去拿腳踏凳啊！讓外頭的人幫你拿！」

站在一旁的北島匆忙地拿起凳子擺在患者頭部那邊的地上。世良剛想站上去時，耳邊又傳來垣谷的怒吼。

「你這傢伙是沒長眼嗎？」

只見垣谷正手持藍布，向世良遞出四個角。

「好好抓著這裡。」

世良伸出手，接過藍布的一邊。

「就這樣不要動。」

垣谷將世良的手當作支撐點，熟練地攤開整條布蓋在患者身上。那是一塊很大的布，布的中間空了個洞。

整塊藍布剛好可以蓋住患者全身。頭部由麻醉醫生負責。他在患者的頭部設置了一個類似帳篷的空間，確認患者的生命徵象。

在整張布蓋下去的瞬間，名叫「術野」的新世界驟然出現。那是將人類化作肉塊的儀式。

兩名身穿藍衣的男子佇立在被物化成單純肉塊的軀體前，他們將戴著乳膠手套的雙手交握於胸前，虔誠地低頭祈禱著。

他們在手術房裡等待著神蹟降臨。

手術房門開啟，佐伯教授大步走進，倏地便抵達他的寶座。大家向他敬了個禮。

「手術刀。」

絲毫不拖泥帶水，佐伯教授直接下了命令。世良往術野一看，腹部上方正中線的位置早已開了個洞，露出淡紅色的內臟。

柯克鉗、剪刀、止血鉗、腹膜鉗。

在佐伯教授與垣谷助手聲音交錯著的同時，護士也依照指示遞出正確的手術器械。世良呆呆望著手術的進行，完全無法理解眼前的一舉一動。這時，耳邊傳來垣谷的聲音。

「牽開器。」

下個瞬間，患者的腹部已被銀色的器具架起，成了一個四方型的小窗。

「一年級的，過來拉勾[8]。」

世良直愣愣地看向佐伯教授，突然感到腿部一痛。

「連拉勾是什麼都不知道嗎？」

他的小腿正面骨處不知被什麼打中，像撞到牆壁的感覺。低頭一看，原來是隻拖鞋。垣谷接過銀色的壓腸板，放在病患的肝臟下方撐著。他將這個工作交給世良並小聲說道。

「絕對不要動喔！」

但他的話立刻被佐伯教授的聲音蓋過。

「在你俯視他人腹部的內部時，就是在地獄邊緣散步的時候。再慢吞吞的，我就推你下針山！」

世良打了個哆嗦，身子也因佐伯教授剛剛的話僵硬了起來。

人類是無法一直維持相同姿勢的生物，世良親身體驗到了。動起來比較輕鬆且自然；而要維持不動的姿勢，反而是件相當辛苦的事情。

只要他的手腕一動，震幅就會傳到鉤子的前端，也會立刻使得佐伯教授發出怒吼。三次怒吼中大約有一次，拖鞋會直接擊中世良的小腿。

8　將要動刀的地方撐開固定好，通常須維持這個動作到整個手術結束。

一個人最多也才兩隻拖鞋，教授到底是怎麼連續攻擊的？感到不可思議的世良偷偷觀察了一下周圍，才發現每次拖鞋飛彈發射之後，外圍的流動護士就會貼心地幫教授換上新的拖鞋，補充彈藥。

既然如此，以飛毛腿出名的世良也有自己的辦法。球隊王牌被其他人攻擊腳部是必然的，但只要別正面迎擊，從旁閃開就好了。佐伯教授根本就是那種個性惡劣的後衛。

一想到這裡，世良回過神來。那瞬間，他突然思考起來。

——等待我的球門，究竟在哪裡呢？

眼睛漸漸習慣周遭的世良專注地盯著術野。拉勾的主要工作，是建立讓主刀醫師易於動手術的環境，並加以維持。因此負責拉勾的人的視野好不好，一點都不重要。即便世良無法觀看整場手術，也不會有人因此困擾。儘管如此，世良還是拚命伸長脖子，觀察著術野裡的一舉一動。

這麼做是為了什麼？是為了明天的自己。

佐伯教授的手停了下來，他閉上雪白眉毛下方的雙眼，側身將手腕伸進患者的體內深處。手術房裡的動作也完全停下了。仔細一看，只有佐伯教授的肩膀微微動了一下。不久，低沉的聲音響徹整間手術房。

「跟我想得一樣，癌細胞穿越 EC junction（胃食道交界）了。」

垣谷助手的臉色倏地蒼白。

「要連食道下方一起切除嗎？」

佐伯教授點了個頭，繼續說道。

「聯絡檢查室，說腸道切口要做冷凍切片（快速組織切片檢查）診斷。十分鐘後會將檢體送去。」

「十分鐘後？」垣谷不敢置信地提高音量。

「改成食道下方切除併行全胃切除，十分鐘做不到嗎？」

當佐伯教授再度看向垣谷時，只見垣谷皺起眉頭。看來他也被拖鞋攻擊了。

「有時間說這些喪氣話，還不趕快動起來！」

佐伯教授再度喊出一件又一件的手術器械名稱，好不容易才跟上教授速度的護士戰戰兢兢地將它們遞上。

棉球因沾血而染上淡紅色的紗布，也一一被從術野丟了出來。流動護士們舉起長筷將它們放置彎盆中秤重，並讀出螢幕上顯示的重量。

佐伯教授的肩膀動也不動，一連串的動作宛如打上休止符般，直到喊出「手術刀」時才又發出聲響。他接過亮晶晶的手術刀。

接著他將手術刀劃向病患的體內深處，時間宛如靜止般。

下個瞬間，他已經用手術刀夾住病人胃臟的兩端並取了出來。世良看了一下時鐘，恰如佐伯教授剛才的宣言，只花了十分鐘。

「流動的，把檢體帶去病理處。三十分鐘內要把冷凍切片的結果帶回來。」

北島拿起沉甸甸的彎盆，離開手術房。

「持針器，附上3－0絲線，準備一打的份。」

「已經拿來了。」

護士話剛說完，佐伯教授便抬起頭來。「呼」的一聲，他吐了一口氣。

「那麼，直接開始縫合。」

「請問，不等冷凍切片結果出來沒關係嗎？」

世良開口問道。手術房內的氣氛宛如凍結般凝重。

「笨、笨蛋！你在對教授說什麼傻話！」

垣谷小聲地訓斥世良。佐伯教授抬起頭來，目不轉睛地盯著世良。

接著，他突然笑了起來。

「一年級的，你說得沒錯，但這裡由我做主。一般外科醫師要用顯微鏡確認的東西，我只要用手指碰一碰就明白了。因為我就是這樣鍛鍊過來的，我的手指比顯微鏡還要準確。」

他溫和地說。沒有任何拖鞋往世良飛去。

接著，佐伯教授抬起頭，向垣谷說道。

「開始縫合。」

在佐伯教授拿起銀色持針器的下個瞬間，那道銀光深深地沉入患者體內。當宛如新月的銀白曲針拉回絲線時，垣谷助手便會用銀色的止血鉗夾住線的兩端。佐伯教授一邊哼著歌，一邊以快速的節奏感揮舞著雙手。

一點、兩點、三點、四點，他小聲地數著。看樣子是要仿照時鐘上的數字位置，將吊起來的小腸與被削短的食道縫合在一起。被止血鉗夾住兩端的絲線配合著歌聲整齊地排列，唱到什麼數字，線就綁到哪，每個小節剛好可以完成一組。

沒有人看得見這裡的手術情形。他讓持針器帶著針從食道切口的位置往身體的更深處進去，直到線繞回來穿過手邊的小腸切口才算結束。小腸切口的作業會在眾目睽睽下進行，其他人只能透過這裡的鮮明動作，想像在視野之外、患者體內深處的相同動作。

十二點，當這個詞出現，也表示持針器與止血鉗的圓舞曲結束了。

十二組絲線宛如綻放的花瓣。佐伯教授瞥了世良一眼。

「一年級的，眼睛睜大看仔細了。」

接著他轉向垣谷繼續說道。

「開始囉！」

佐伯教授從垣谷手上搶過小腸的切口端，用兩隻手指頭捏著，潛入病患的體內。他側過身讓肩膀貼近病患，停住所有動作。

接著他從病患體內拔出手腕，接過垣谷用止血鉗夾住的絲線。

「一點、兩點、三點。」

佐伯教授的手指不斷舞動著。就像正在展示雙手空無一物的魔法師，輕輕一閃，下個瞬間便從大家的視野裡消失，只留下不斷使勁的肩膀用力晃動著。他的雙手，應該正在那副身體深處不斷地打著一個又一個的結。

垣谷手中的銀色止血鉗都被拿走後，器械臺上也成了一片狼藉。

「十二點，黑色止血鉗。」

他用一支止血鉗將十二組絲線收在一起夾住。看到這幅景象，世良瞪大了雙眼。在數支閃耀著銀光的止血鉗中，只有佐伯教授用來夾住那些線的止血鉗是整把全黑的，就連無影燈的光都無法到達那般黝黑。

世良的視線快速地掃過手術器械臺，那些器械就像吃法式料理時餐桌上的銀製餐具，擺在那裡閃閃發光著。但先前臺上並沒有黑色的止血鉗。

手術房門開啟，從病理檢查室返回的北島氣喘吁吁地向佐伯教授報告。

「病理室的橫井醫生說冷凍切片顯示，切口部分沒問題，距離十三公厘。」

佐伯教授頭也沒抬地點了個頭，只回了一句。

「剪刀。」

他接過剪刀，宛如在鋼琴鍵盤上滑動手指般，一口氣剪斷黑色止血鉗夾著的十二組絲線。

「食道空腸吻合結束。剩下的就交給第一助手了。」

他帶著威嚴地說，同時也毫不留戀地將黑色止血鉗丟進彎盆裡。確認它掉進彎盆後，佐伯教授再度哼起歌，離開了手術室。

手術即將結束，只剩開刀時的腹腔切口縫合。世良與垣谷面對面站在病患的兩側。世良的手又晃了一下，垣谷助手拿著用持針器縫好的線的兩端，嚇得不敢動。

下一秒，他怒吼道。

「混帳傢伙！要跟你說幾次你才懂！」

世良沒有回話，卻在心中悄悄地回嘴：「這是第五次。」

垣谷用剪刀將世良手邊的線剪斷。

「動作不要慢吞吞的，準備好就直接剪斷。」

垣谷拿起線，熟練地打了個結。那是與世良打的結相去甚遠，非常漂亮的結。他將三組線綁在一起，最後還用了一點力拉緊，接著毫不猶豫地剪斷世良在傷口上方打的結。

「重做一次。」

這時，兩人背後傳來爽朗的聲音。

「今天就到這裡吧？畢竟這個一年級的今天好像才第一次刷手呢！」

世良抬起頭，說話的人是已經換下拋棄式手術衣的佐伯教授。他一臉開心地拍了拍世良的肩膀。

「以第一次來說你做得很好了。」

一見世良的表情放鬆下來，面帶微笑的佐伯教授繼續說道。

「不過，這一點屁用都沒有的結，就外科醫生來說是最糟的了。」

那句話讓世良瞬間覺得世界變成黑白。佐伯教授從器具臺上拿起一把線，放進世良胸前的口袋。

「這就當作恭喜你進入外科的小禮物，從今以後，每天都要讓牡丹花綻放啊！」

佐伯教授向麻醉醫師攀談了幾句，又轉頭交代垣谷。

「雖然帶一年級很重要，但基礎做不好的傢伙花再多時間都沒用。今天就到這裡吧！手術室外還有家屬在等消息，再下去的話，那些不必要的擔心又要開始了，不會是有什麼手術糾紛吧？之類的。那就浪費我風馳電掣的 Total（全胃切除）了。」

佐伯教授背對著眼神略帶恨意的世良，留下這句話離去。

北島在患者清醒並拔管後向她搭話。

「鈴木女士，還好嗎？知道我是誰嗎？手術結束了喔！」

鈴木女士稍稍睜開眼睛，緩緩地點了個頭。麻醉剛結束時，就像到了另一個時空，周遭的一切都是模糊的。

她的眼角微微流下淚來。

將病人帶回病房照顧的工作會交由一年級醫生負責。這項工作本來應該交給刷手的人，但鈴木女士原本就是北島負責的，所以世良只需要目送北島帶著素不相識的病患離去。

回到更衣室時，垣谷已經換回原本的醫生白袍了。

一見到世良，垣谷便將雙手重重地放在他的肩膀上。

「剛剛被你搞得壽命都不曉得少幾年了。就算是學弟，我也不能總是護著你。」

世良縮了縮脖子。

「但我還是覺得有一點很奇怪。」

「禍從口出，大學醫院裡最忌諱多嘴的人了。小心成為被攻擊的對象。」

他露出平常微笑的樣子，又補充一句。

「總而言之動作快一點，馬上就是下午的會議了，不趁現在吃，更待何時？」

正要轉身離開時，世良戰戰兢兢地叫住他。

「請問，讓牡丹花綻放是什麼意思？」

垣谷一臉訝異地回頭，視線停在世良手裡拿的那把線，接著自顧自地點了個頭。

「啊啊，原來你是想問這個啊！」

垣谷從那把線中抽出一條來，將線穿過白色制服最下方的鈕釦。他抓住線的兩端，規律性地操作雙手在鈕釦上打了一個結。這樣重複幾次之後，纏繞在白衣鈕釦上的線看起來就跟紙捻沒什麼兩樣。

「像這樣，平常就要不斷練習綁線，這就是那句話的含義。畢竟這個結可是外科醫生的生命線呢！」

「是這樣嗎？」

面對世良的回問，垣谷一臉驚訝地說。「原來你連外科ＢＳＬ（臨床實習）都蹺掉啦！我應該有跟大學六年級的說過這個啊！」

世良縮了縮脖子。

「我只是記憶不太好。」

「你該不會是因為頭槌用太多，腦袋都撞壞了吧？算了，說不定哪天你也會遇到對方完全聽不懂你在教什麼的時候，那時你就懂我現在的空虛了。」

垣谷笑著走出更衣室。

第二章　陌生人　五月

剛從手術室出來，世良就注意到自己比想像中還疲累許多。還不習慣的雜活，加上初次刷手的緊張，累積下來的疲勞可不一般。他靠在牆上，突然發現對面有扇半開的門，光線從門縫那頭溜了出來，傳出些許咖啡的香味。

受到光線和香味吸引的世良走進那扇門內。

咖啡機裡有一大壺沖好的咖啡，房裡充盈著一股悠閒的氣息。裡頭有兩張沙發，世良原本正要挑張沙發坐下，卻突然被什麼嚇得停止了動作。

穿著手術衣的男人橫躺在對面那張沙發上，一瞬間還以為是屍體，仔細一看才發現他的肩膀微微起伏著，正是稍早手術前擦身而過的那個人。桌上還放著飄著熱氣的咖啡。

他的手術衣是乾淨的，應該是後來沖澡完換上的。那之後就一直睡在這裡嗎？世良小心翼翼地坐上男人對面的沙發。

男人的身形矮小，卻非常精壯。露出來的手腕繃緊著，上頭的肌肉精緻有形，一看就是個本領高強的外科醫生。但這或許只是因為世良才剛受挫，進而過度評價了對方。

男人的胸口規律地起伏著，看起來睡得很熟。不知怎地，世良總覺得他熟睡的臉孔，和畢業旅行時在希臘看到的阿波羅雕像十分相像。

房間門被打開了。穿著綠色手術衣的中年女性走了進來，她的身材中等，看起來也十分健壯。她走到熟睡的男人枕邊，二話不說便將他頭下的奶油色抱枕抽了出來。男人的頭砰的一聲撞到了沙發把手，他因此睜開雙眼環看四周，接著抬起上半身看向那名護士。

「這樣很過分耶！嗯……我記得妳是……」

「我姓藤原。」

「啊、對對對，手術室的護理長，今天早上辛苦妳了。」

藤原護理長沒有回答，只是拍著抱枕上的灰塵。接著，她將抱枕放在與沙發呈直角的單人座椅上。

「這是我的私人物品。」

「抱歉抱歉，這躺起來真的很舒服耶！不小心就、妳懂的。」

藤原護理長盯著他。但男人只是拿起眼前放在桌上的咖啡杯，先聞了一下香味，再喝了一口。

「請問是誰幫醫生您泡了咖啡？」藤原護理長問。

「稍早還在對面睡覺的年輕女生泡給我的喔！」男人睡眼惺忪地說。

藤原護理長嘖了一聲。

「是小貓吧！又在打混了。就算當了主任也還是這樣，所以我才說太早升她了。」

她轉過身來盯著男人。

「這次我就裝作沒看見，但這裡是手術室的護士休息室，就算沒有其他人，也請不要進來。」

「我不清楚這點，真是不好意思。」

藤原護理長繼續說道。

「還有，那杯咖啡的杯子也是私人物品，喝完後請洗乾淨。」

就在藤原護理長正要走出休息室時，男人開口了。

「嗯，這裡還真是不通人情啊！」

藤原護理長轉過頭來。

「我倒覺得這是進到別人房間最基本的禮貌。」

男人露出笑容。

「我指的不是咖啡跟抱枕，而是新人實習醫生就在這裡，他才剛結束刷手，看起來疲憊萬分。來一杯咖啡怎麼樣？連打這聲招呼的時間都沒有的手術室護理長，又比我好到哪裡去呢？」

藤原護理長朝世良看了一下。

「我並不是故意不問他要不要咖啡的，只是覺得佐伯外科的新人醫生應該不會在這裡打混才是。既然如此，不知道我這樣問您滿不滿意？」

藤原護理長開口詢問。

「世良醫生，請問您要喝杯咖啡嗎？」

世良嚇了一跳，為什麼她會知道自己的名字。他瞄了那位護士一眼，才想起來她正是剛剛負責遞器械的護士，手術室的護理長。

世良本能地想要拒絕對方的提議，他小聲低喃著。會議馬上就要開始了，垣谷也連澡都沒沖就回醫院大樓了。

「那就麻煩您了。」

結果還是輸給好奇心了。這樣回答的話，就能繼續看他們兩人會怎麼鬥下去。

藤原護理長的眼睛因驚訝而瞪大；另一名男人則是樂得拍手叫好。

「Nice 哦！新人小子，不這麼做怎麼在社會生存啊！」

藤原護理長沒好氣地看了男人一眼，從架子上取了只咖啡杯，倒了杯咖啡。濃郁的香味立刻撲鼻而來。

「請喝。」

「謝謝。」

在旁看得不亦樂乎的男人看了一下牆壁上的時鐘，驚訝地問道。

「話說回來，藤原護理長是負責遞手術器械給佐伯教授的人吧？為什麼這個時間會出現在這裡？難不成手術已經結束了？」

藤原護理長一臉訝異地回答。

「是的，才剛結束。沒想到才剛到任沒多久，您連負責遞器械的人是誰都摸得一清二楚，真不愧是從天下第一帝華大學聘請過來的講師醫生。」

男人喃喃自語著。

「只花了一小時左右做 **Total**（全胃切除）嗎？真是怪物啊。」

藤原護理長笑著回應，「手術中臨時更改了項目，連下方食道都一併切除了。」

聽完她的話，拿著咖啡杯的男人宛如凝固了一般，動也不動。

世良一邊喝著咖啡，一邊縮了縮脖子。

——他是外科教學中心的前輩嗎？講師？新聘的嗎？胸腔外科？還是神經外科？

男人再度開口。「既然擁有如此令人佩服的技術，夜間緊急手術也都能親切地接下了吧。」

「我以為昨天晚上已經充分替您考慮了。」

「只有一個流動護士，這樣做胃潰瘍穿孔的緊急手術，風險太大了。」

藤原護理長莞爾一笑。

「您站在醫生的立場才會說出這樣的話，希望您能以護士的角度去看這件事。手術室晚班一直都只有兩個人，讓其中一人跟著您去做緊急手術，已經很犧牲了，希望您能夠體諒。」

男人看向藤原護理長。

「那是護理科的論點吧！如果妳是病患會怎麼想？因為夜間護士不夠，所以無法替您做手術。這樣對急診病患說的話，他們又會怎麼想？」

「我以前從沒想過這些，今後也不打算去想。」

男人盯著藤原護理長，繼續說道。

「既然如此，請妳稍微想一下吧。竟然滿不在乎地公開說出自己從沒想過這些事，妳能當上護理長本身就很有問題。」

藤原護理長用力地瞪了回去。

「我的工作是調度手術室的人員，應付得來就接，應付不來就撤退，僅僅如此而已。」

男人將雙手交叉於胸前，像是在思考什麼的樣子。他低聲說道。

「邏輯上來說護理長是對的，但若在這裡讓護理長贏的話，對東城大學全體而言算是幸福嗎？想到這個份上，就覺得不能完全肯定護理長是對的。有點傷腦筋啊！」

護理長裝作沒聽到他說什麼，轉頭對世良說。

「佐伯外科的會議差不多要開始了吧?你最好快一點喔，遲到的話會被罵得很慘哦。」

世良向藤原護理長點了個頭，正想一口氣喝掉剩下的咖啡時，男人伸手阻止了他。

「不用這麼急也沒關係，我也要一起去。」

男人站起身，全身散發著不知哪來的自信。世良傻傻地看著他打包票的樣子。

一進到電梯裡，男人便眼尖地發現在世良鈕釦上飄來飄去的紙捻。

「哦，在練習打結嗎?真令人感動啊!」

世良點了個頭，開口問道。

「請問，醫生您要到幾樓?」

他按下四樓的按鍵後就一直壓著「開」，等著對方回答。

「我要跟你到同一樓喔!世良。」

世良露出驚訝的表情，將手從「開」上移開。那瞬間，電梯突然暗了下來，然後又恢復明亮。

「這個電梯的燈，不管搭幾次都無法習慣啊!」

世良看向對方問道。

「您是哪一科的醫生呢?」

男人露出微笑，並且拍了一下世良的肩膀。

「再稍微等一下好嗎？因為我馬上就要自我介紹了，這種麻煩事我想一次解決。」

悠悠上升的電梯在四樓停住，緩慢地開啟了門。

「佐伯外科的會議通常都是在哪裡開的？」男人問道。

「就在那間休息室裡，不過非相關人員不能進去喔！」

越來越可疑了。世良回頭向他說道。

男人正要開門時，世良悄聲提醒了他。

「沒事啦！別在意別在意。」

他打開了門。光線射入幽暗的房內，就像被強光嚇到裝死的夜行性動物，裡頭穿著白衣的人們也停下了動作。

「現在正在開會！把門關上！」

傳來一聲大叫，那是黑崎助理教授的聲音。白衣下的西裝，好好地打著領帶。他是佐伯外科的支柱，也是大家認定的首領。

「非常抱歉。」

男人乾脆地回答，溜進房間裡。世良也壓低身子跟在其後。

大家一臉訝異地盯著陌生的面孔，但男人只是處之泰然地挑了後方的角落坐下。

「垣谷，繼續吧！」

在黑崎助理教授的催促下。垣谷助手咳聲示意，繼續報告病例。

「也就是說，考慮到預計要切除的膨大部分，不得不採取 DeBakey II[9] 型手術這種非定型化的手術。」

「所以手術是垣谷要做嗎？」

黑暗深處傳來另一人的聲音，發問的是佐伯教授。

黑崎助理教授點頭示意。

「雖然這個手術難度較高，但我會做為第一助手幫忙。」

大血管轉位手術的專家黑崎助理教授說完後，佐伯教授向他點了個頭。

佐伯外科是東城大學醫學部唯一的外科教學中心。嚴格說來，到三年前為止都是。正在新建醫院的當下，傳統的佐伯外科也從內部不斷分裂。三年前是神經外科，兩年前是胸腔外科，接著去年小兒外科也從佐伯外科獨立出去了。

原本應該是綜合外科教學教室的機能也因此消失，這是院內心照不宣的事實。儘管如此，沒有任何人將這視為佐伯教授的失敗。

大家都知道，佐伯教授原本就反對綜合外科，他認為擁有這種廣泛守備範圍

9 臨床上，主動脈剝離較常分為 DeBakey I、II、III 型與 Stanford A、B 型。

的外科是違反世界潮流的。因此，也有人說佐伯教授本身就積極地鼓勵大家分門別類。大家之所以不會將之視為失敗的藉口，是因為佐伯教授是足以代表日本的名醫，難以舉例有其他外科醫生能夠超越他的技術。

而在這之中，也有傳聞心臟血管外科也想自己獨立出去，因此醫師們都開始往黑崎助理教授靠攏。心臟血管外科握有佐伯綜合外科教室三成人員，若他們獨立，也代表佐伯外科的完全解體吧！

神經外科、胸腔外科，以及心臟血管外科都培養了足夠指導新人、技術與器量兼具的接班人，只有佐伯教授的專業──胃腸外科還後繼無人。佐伯教授積極鼓勵外科分家的胸襟，更讓綜合外科的中心分崩離析。為了避免情勢走向最糟糕的發展，佐伯教授正在對外招聘胃腸外科的接班人。這種煞有其事的謠言也開始在院內流傳了。

佐伯教授發出明亮的聲音。

「那就這樣吧！不過，為了避免萬一，希望你們能先準備好腎動脈的再建手術。那麼，這場手術就訂在本週五的第二場手術。」

黑崎助理教授對佐伯教授點了個頭。房間電燈被打開，一群穿著白衣的人影在白光下現形。那瞬間，他們一個一個坐在椅子上思考的樣子，還真像是在模仿古代羅馬的會議雕像群。

「還有其他病例嗎？」

佐伯教授環視整間休息室，眼神稍微停在世良臉上，之後便一直注視著端坐在世良身旁的男人。他輕咳了一聲。

「高階，站起來。」

在佐伯教授的催促下，男人站了起來。

世良驚訝地望著身旁的男人。

「這是昨天剛到我們東城大學醫學部綜合外科教學中心的講師，高階醫生。他的專長是消化系外科，特別是下消化道的造詣很高。高階，跟大家打聲招呼吧！」

語畢，全場譁然。帝華大學的高階嗎？謠言是真的啊！大家你一言我一句地交談著。世良稍微瞄了一下四周，發現黑崎助理教授將雙手交叉於胸前，一臉不高興的樣子。

高階講師輕輕地敬了個禮，流暢地說起話來。

「我是高階，曾經在帝華大學第一外科教室擔任助手。之後前往美國的馬薩諸塞大學醫學院留學兩年，再回母校任教半年，然後就被趕到這裡來了。我的專長是直腸癌的低前位切除術。如大家所知，這個部位的縫合技術，與佐伯教授的專攻食道癌有許多類似的地方。」

說到這裡，高階講師看了佐伯教授一眼。

「我是為了接受佐伯教授的薰陶，所以才離開首都東京，流離至此。」

「被趕來的嘛！剛剛說過了。」

黑崎助理教授不滿地發聲。「那種說法是怎樣？看不起我們東城大學嗎？」

高階講師看向黑崎，隨即露出笑容。

「看來我的說法冒犯了，但流離這個詞並沒有什麼特別的意思呀！」

後面那句聽起來像是在自言自語。高階講師笑吟吟地說。

「我收回剛才那句話，我是受到關東霸主，東城大學醫學部佐伯外科的邀請，千里迢迢南下前來拜見各位的，還請各位多多指教。」

黑崎助理教授一臉不愉快地看著高階講師。

佐伯教授則哈哈大笑起來。

「沒事，夠了夠了。能被天下第一的帝華大學外科首腦——西崎教授如此評價，真是光榮至極。」

高階直直地看向佐伯教授，開口說道。

「雖然我對這部分不太感興趣，但西崎教授似乎在去年的外科學會總會上，受到您特別關照了。從美國留學回來的途中，他就交代我一定要打倒恩將仇報的佐伯外科。不過，基於許多原因，我沒辦法一回國就辦好這件事。」

「我也想過這應該才是事實，但都被日本頂尖學府帝華大學直接指名了，弱小如我們也不得不收你。換句話說，你還真是不請自來的客人呢！」

佐伯教授收起笑容，換上嚴肅的表情繼續說道。

「我之前在座談會上冒犯了。西崎醫生似乎也是帝華大學出身的，儘管嘴上不饒人，技術倒差了那麼點呢！我只是向他討教了手術實際上會遇到的問題而已。帝華大學若打算研究食道癌五年生存率這種會受技術影響的企劃，本來就欠缺思慮，我是這麼想的。但如果因此讓西崎醫生對我懷有恨意的話，實非本意。」

高階講師微笑。

「這點請您不用擔心，外科教學中心之所以讓人舒服，就是因為一塵不染，也是靠手術技術來排名的。不然，這裡跟我們帝華大學也沒什麼兩樣。這也是為什麼我會被派來這裡，因為我這個異類在那裡反倒會影響其他人。」

佐伯教授開心地笑道。

「跟傳聞中的一樣，真是個吹牛大王呢！的確如你所說，食道縫合與下直腸縫合的手法是挺類似的。但也正因如此，你永遠無法縮短我們之間在手術上的差距。至少追著我的影子好好努力吧！」

「請不用擔心，我們之間並不如教授所說是有差距的。」

房內穿著白衣的人們倒抽一口氣，高階講師露出微笑。他往休息室後方走去。

「你們在這間房間開會真是太好了，我昨天就把行李放在這裡，算得真準。就讓我簡單介紹一下我的祕密武器。」

他從休息室的置物櫃上方取下一個運動型提包，從那裡面拿出了什麼。世良緊盯著高階講師拿在手中的東西。他從提包裡拿出的是一個白色的東西，長約五十公分，把手的部分有個類似扳機的地方。遠遠看來，就像一把槍身歪了的來福槍。

在場的醫生都將視線集中於高階講師手裡的道具。高階講師用右手高舉那把槍，「『Snipe AZI 1988』，它將會改變日本的外科手術。」

鴉雀無聲的房間裡，唯獨高階講師手舉的白槍靜靜地散發出白色的冷光。

會議結束後，高階講師與黑崎助理教授跟在佐伯教授身後離開了會議室。其他醫生也三三兩兩地從這裡離開。在那之中，關川醫生是在佐伯外科待了五年的核心人物。他小聲地叫住垣谷助手。

「垣谷醫生，該怎麼辦？」

「怎麼了，看你一臉凝重。」

關川鐵青著臉，繼續說道。

「昨天是我值班，接了一個胃潰瘍穿孔的緊急病患。恰巧剛才那位醫生也在，他便從中插手說了幾句。」

「胃潰瘍穿孔？我沒見到這樣的病患啊！」

關川點了個頭。

「因為病人並沒有被送到這棟大樓。手術後，那位醫生把病人轉去ＩＣＵ[10]

10 加護病房。Intensive Care Unit，簡稱ＩＣＵ。

了。」

垣谷目不轉睛地盯著鬍川。

「完全沒有報備就送去ＩＣＵ？真虧他做得出來……」

垣谷將兩手環抱於胸前，如此說道。忽地，他抬頭看了鬍川並問道。

「等等、你剛剛說了手術後？」

鬍川點頭。

「是的，是緊急手術。」

「手術室的護士願意收？」

「從救護車下來的病患直接用擔架被抬到手術室了，太突然了只好這樣將錯就錯。我是昨天才剛到任的綜合外科講師，在佐伯教授的命令下，現在要進行緊急手術。他那時大概是這樣說的。」

「手術室那群不通人情的護士竟然接受這樣的說詞？」

鬍川點了點頭。垣谷的雙手依舊搭在胸前，他喃喃自語著。

「就剛才的樣子看來，那傢伙應該是第一次跟佐伯教授講話，你不覺得嗎？」

「嗯，他絕對沒有跟佐伯教授報備過。」

「怎麼會有這種事……」垣谷一臉不可置信地說道。

「他完全沒想過要是發生問題該怎麼辦。」

這時，一直在旁聽他們說話的世良插了句話。

「那傢伙絕對是個笨蛋啦！」
垣谷往世良的頭上一敲。
「禍從口出！就算他真的是笨蛋，不對，如果真的是就更糟了，醫院這邊什麼都不能說。」
世良縮了縮脖子，接下了他的拳頭。垣谷看向闞川說道。
「也就是說，闞川你是要我去向上頭緊急報告這件事。」
聽完垣谷的話，闞川蜷縮起身子。
「非常抱歉，垣谷醫生，要向上頭報告這個，對我來說負擔太大了。」
垣谷點了個頭。
「的確，好吧，我知道了，我替你說就是。不過，這個問題不是那麼好處理，我需要一個助手。當事人應該不太適合……」
垣谷四處張望著，最後，他的目光停在還在觀望事態發展的世良身上。垣谷露出不懷好意的笑容。
「世良，跟我走。我們現在要去找佐伯教授。」
「咦？為什麼我也要去？」
「混蛋，你當然要站在前面替我擋子彈啊！」
垣谷繼續說道。
「而且，就是你把講師大人帶來神聖的會議的吧！既然如此，負責到底不是理所當然的嗎？」

世良一臉傻眼地聽著這般不講理的道理，本來想找什麼理由推掉，一時又不知如何是好。最後他雙手一攤，禍從口出，這句話果然是真的。

佐伯教授的辦公室門十分厚重，看起來隔音效果非常好。在垣谷眼神的催促下，原先還在遲疑的世良只好心不甘情不願地走進門的另一端，垣谷則跟在他之後。但兩人才剛踏進房內，就被眼前的景象嚇得動也不敢動了。

佐伯教授坐在雙邊辦公桌前，黑崎助理教授與高階講師則坐在他前方的沙發上。黑崎助理教授將雙手交叉於胸前，一臉不愉快的樣子。坐在他對面的高階講師則雙手十指交握，自然地擺在大腿中間。桌上擺著的白色槍身正是高階講師帶來的「Snipe」。

佐伯教授抬起臉看向垣谷，「什麼事？」

完全沒有想到高階講師也會出現在這裡的垣谷支支吾吾地回答。

「呃、是、那個、關於昨天晚上，發生了一些事情……」

「發生了什麼事？」

垣谷看了一眼正襟危坐、神態自若的高階講師，語無倫次了起來。

「不、那個、其實我還沒好好確認整件事情，所以也無法說明得很仔細……」

現場凝重的氣氛壓得垣谷喘不過氣，宛如萎縮了一般。他看了一眼高階講師，又看了一眼佐伯教授，嘴巴張啊張地就是說不出話來。佐伯教授見狀，開口說道。

「不得要領的傢伙。喂、一年級的，我記得你挺能言善道的，看你不要不緊的樣子，應該知道發生什麼事吧！你來代替他說明。」

世良看了一眼垣谷與高階講師，發現垣谷正用眼神催促著自己。世良也用眼神回問：不是說禍從口出嗎？但看樣子垣谷自己都自身難保，根本無暇顧他。沒辦法，世良只好接著回答。

「是教授您要我說我才說的。昨天晚上，坐在那裡的高階醫生似乎沒經過佐伯教授的允許就進行緊急手術了。我從一起刷手的關川醫生那裡聽說，病人現在似乎在ＩＣＵ。但這是我不小心聽到的，其他事情我也不是很清楚。」

佐伯教授白眉一抬。那與他烏黑髮色截然不同的白便順著他的眼光瞪了過來。

「這是真的嗎？高階。」

高階講師回答。「嗯，差不多。」

「但我完全沒有收到任何相關報告。」

「因為是緊急狀況。我之所以沒向您報告，是因為後來剛好有ＩＣＵ的醫生願意接手，病人也因此變成ＩＣＵ負責的，因此我判斷沒有必要往上呈報。」

「但你既然讓關川擔任助手，就表示你是以綜合外科教學中心的講師身分進行手術的吧？既然如此，你就有義務向教學負責人的我報告這件事。」

坐在他正對面的黑崎助理教授斜著眼看向高階講師，開口說道。

「真不愧是西崎教授的愛徒，大概常被人說是帝華大學的優秀青年，得意得很！但這裡可是櫻宮，是天下第一的佐伯外科的地盤。」

高階講師直盯著黑崎助理教授，開口說道。

「確實是這樣沒錯，但這塊地到處都是泥濘呢！昨天晚上，在這裡待了五年的值班醫師竟然在緊急病患的面前不知所措喔！肌肉呈現僵硬的話，當然要拍腹部Plain（純X光影像）。他明明知道這點，卻不曉得在這間醫院裡該怎麼辦，只能束手無策。醫院系統是給醫生去做應用的，看樣子佐伯外科連這種最基礎的教育都不足。」

「閉嘴，你才剛來知道些什麼！」黑崎助理教授大喝一聲。

高階講師心平氣和地回答，「正因為我才剛來，才能發現這些破綻。」

兩人互瞪著對方，是一觸即發的緊繃氣氛。

佐伯教授鬆開原本交叉的雙手，笑著說道。

「真是熱血啊！我們很快就可以知道你是不是在吹牛皮。但高階你也要記得，這裡的一切由我說的算。與我無關的事情，跟整個綜合外科教學中心也無關；沒有經過我判斷的東西，也不會是綜合外科教學中心的判斷。」

高階講師露出微笑。

「這裡的教育果然欠缺最重要的那部分呢！我總是這樣教育剛進外科實習的實

習醫生們。」

高階講師直盯著佐伯教授，繼續說道。

「必要時刻，就改變規定吧！絕對不能因為受限於規定而讓誰失去性命。」

那瞬間，佐伯綜合外科教學中心教授辦公室裡的氣氛，一口氣從春天倒轉回寒冬。

一陣沉默後，佐伯教授率先開口，「你都說到這種份上了，就讓我們看看你的本事吧！」

他將雙手交叉於胸前，閉上眼睛開始喃喃自語，「病例875嗎？不好，887吧！」

許久，他再度睜開雙眼。

「這禮拜五，就讓你擔任食道癌病例的主刀醫師，可以吧？」

高階講師點了個頭。

「沒問題，但明天我要再度確認此病例是否適用。」

「無禮的傢伙！稍早佐伯教授才親自主持會議確認這個病例手術沒問題了！」坐在對面沙發上的黑崎助理教授再次激烈地怒罵道。

「非常抱歉，但我並沒有參加到那場術前評估。」

高階講師心平氣和地繼續說道，「主刀醫師必須承擔一切的責任，因此即便是令人尊敬的佐伯教授，我也不會將他人說的話照單接收。」

「你、你這傢伙！」黑崎助理教授驚訝地望著高階講師，說不出半句話。

笑聲在房間裡迴響著，佐伯教授開口大笑。

「不，沒事沒事。」佐伯教授看向黑崎助理教授說道，「黑崎啊，別動怒。沒辦法呀，他可是天下第一帝華大學認證的異類呢！隨他去吧！」

語畢，佐伯教授又轉向高階講師。

「助手的部分你打算怎麼辦？」

「是的，我對這間醫院基本上不是很清楚，跟誰一起都可以。機會難得，如果能請在場的醫生幫忙就好了，話雖如此，若請黑崎助理教授來當助手又太失禮了……」

高階講師回頭看向垣谷與世良。

「可以拜託那邊兩位擔任第一助手和第二助手嗎？」

世良聽完一驚，身子都站不直了；一旁的垣谷也嚇到說不出話。食道切除是佐伯外科中最高級的手術。光是能刷手參加食道癌手術，就等同從佐伯外科畢業。就連已經待了八年、被寄予厚望的年輕醫生垣谷助手，他在三年前也只是第二助手，今年才剛升為第一助手。儘管如此，他的晉升速度在佐伯外科已經是異常快速，還因此在院內引起轟動。

佐伯教授直視著高階講師。

「即便你的膽識稱得上天下第一，我也無法讓還不會打結的一年級生參與食道癌手術。第一助手讓垣谷負責沒問題，但第二助手需要另外找人。我會再指名適合的人，你就忍耐一下吧！」

「找誰都沒關係，但請給我比那位一年級還要優秀的人才。」

「不用擔心，絕對比那傢伙優秀，因為要擔任第二助手的人就是我。」

語畢，黑崎助理教授立即站起。

「不可能！怎麼能讓佐伯教授做拉勾這種事，既然如此還不如讓我來當。」

佐伯教授使了個眼神，制止黑崎助理教授繼續說下去。

「身為佐伯外科的一員，絕對不能小看拉勾這件事。如果不把拉勾當一回事，卻想要成立新教室，那也只是在痴人說夢罷了。」

黑崎助理教授一臉驚訝地聽著佐伯教授的話，接著陷入了沉默。佐伯教授將視線移向世良。

「即便是第二助手，也是很了不起的工作。這是讓實習醫生觀摩的好機會，我會讓那群在手術中打瞌睡的傢伙認識真正的拉勾。」

佐伯教授看向高階講師，露出微笑。

「你要是比第二助手還菜的話，以後就無法再當主刀醫師了哦！」

「請放心，不管是誰當第二助手，第二助手就只是第二助手，我會好好使喚他的。」

世良覺得佐伯教授與高階講師之間，有著肉眼無法看見的火花。白色狙擊槍的槍口，直直地指向佐伯教授。佐伯教授宛如胸口被槍口抵住般，一臉嚴肅地發表宣言。

「預定本週五進行手術的食道癌案例，因皆川妙子小姐的主刀醫師變更，明天將舉行臨時術前評估會議，就讓我們拜見一下吹牛大王高階醫生的技術吧！」

回到護理站後，與世良同屆的一年級生都靠了過來。

北島一臉擔心地詢問。

「欸，發生什麼事了？怎麼會被叫去教授辦公室啊？」

其他同儕雖然沒有開口，但從他們的表情看來，他們也想問一樣的問題。

「不清楚？」

「什麼不清楚，你不是一直和黑崎助理教授跟新來的講師待在一起嗎？」

眼睛真亮啊這群人，世良在心中感到佩服的同時，看到他們一臉好奇的樣子，忍不住有點自豪地說。

「其實是下次的食道癌手術……」

他看著大家的反應，在一片吵雜中，喃喃自語地說道，「……我差點就可以刷手參加了。」

現場完全沒有任何嘆氣或喘氣聲，反而更加吵雜了。

「謝天謝地，要是讓世良參加食道癌手術，絕對會出差錯的。」

世良感到背後被誰輕輕敲了一下，他回頭一看，垣谷助手就站在他身後。

「剛才跟你說過了吧，禍從口出。」

儘管世良覺得這句話從垣谷口中說出來一點說服力也沒有，但還是縮了縮肩膀。垣谷不加理會世良，他往護理站那邊喊話。

「一年級的，注意。」

宛如屁股下還黏著蛋殼的雛鳥般，還不符合身上那件醫師袍的一年級生共十名，一同回頭看向垣谷。

「今年跟往常不太一樣，你們要負責的病患跟指導醫師都已經決定好了。今晚開始，你們就會有各自負責的病患，有什麼問題就直接去找你們的指導醫師。」

垣谷唸起手中的小抄。

「青木，負責病患是胃癌的日上先生，指導醫師是關川醫生。今井負責田尻先生，病名是主動脈瘤，指導醫師是我。植草負責東野先生，大腸癌，指導醫師是田中醫生。」

他平淡地唸著手上的名單。

名單是依照五十音的順序排的，北島的下一位應該就是自己了，世良在心裡想著。卻沒想到垣谷直接跳過了世良。

「名倉，胃癌病患金村先生，指導醫師是三橋醫生。接下來是渡邊，負責杉田先生，下肢靜脈曲張，指導醫師是闕川醫生。」

周遭再度喧譁起來。

在大學附設醫院中，下肢靜脈曲張屬於較輕微的疾病，因此被分配到相關疾病的一年級生幾乎都可以自己操作手術。

集眾人羨慕的眼神於一身的渡邊，得意洋洋地挺起胸來。

但在注意到世良的名字還沒被唸到後，周遭的氣氛也變得詭譎起來。

大家漸漸安靜下來。

垣谷清了一下嗓子，整個房間便完全陷入寂靜。

北島開口問道：「那個，世良還沒被叫到。」

「我現在正要說。」

垣谷又清了一下嗓子，接著說道：「最後是世良，負責食道癌的皆川妙子小姐，指導醫師是高階講師。」

那瞬間，全體一年級生都倒抽了一口氣。

垣谷繼續說道。

「皆川小姐排在這禮拜五動手術。雖然例行會議已經結束了，但因為主刀醫師變更的關係，明天將臨時再開一次術前評估會議。世良要自己去找高階講師，好好準備明天的會議。以上，解散。」

大家忍不住瞄了世良幾眼，才各自解散去找自己的指導醫師。唯獨世良還愣愣地站在護理站，動也不動。

晚上九點，漫長的一天尚未結束，所有一年級生都還留在護理站。除了想和晚班護士培養感情的人之外，也有正在整理病歷的資優生。另外，還有不少人圍著最有可能搶先大家成為主刀醫師的渡邊，你一言我一語地聊著。

世良則被一股奇怪的氛圍包圍著。他不曉得到底要加入其他一年級的談話，還是與大家保持距離。他站在龐大的資料前，覺得前途茫茫。其他人都從指導醫師那裡得到了具體的指示，只有世良還找不到高階講師。

值班五年的關川醫生來了，他不知道對自己負責的實習醫生青木下了什麼指示，隨後青木便離開護理站了。關川在原地發呆了一下，隨即抬起頭來。

「世良，過來一下。」

護理站的氣氛立刻緊張起來。

關川對他說道：「你跟高階醫生討論好明天的會議了嗎？」

「還沒，我一直找不到他……」

關川點了個頭。

「我想也是。他剛剛有來ＩＣＵ哦！」

丟著自己的教學不管，竟然跑去毫不相關的科別，這個人到底在想什麼。世良心想。但他馬上又回想起白天在教授辦公室裡發生的事，高階醫生應該是去看自己執刀手術的病人。

儘管對高階醫師的舉動感到不解，但世良也明白，回家之前勢必要去找對方聊一下才行。他無可奈何地往ＩＣＵ前進。

世良感到十分疲憊。實習才第四天，他還沒熟悉整個環境，更沒有餘力去管其他科的閒事。儘管如此，他還是打起精神，走進電梯。

電梯門關閉，照明瞬間暗了下來，又恢復明亮。這是老舊建築的電路問題，電梯門關閉那瞬間電燈一定會閃一下，但似乎查不出是什麼原因。雖說習慣成自然，但初次到訪這間醫院的非相關人士，一定都會因此嚇到。

擁有十四層樓的新醫院預計明年完工。為了這項建設，前幾天才剛開會決定要拆除舊的精神科大樓。新醫院的樓層會往上延伸，也會增加大樓內的病房面積，促進全新的醫療項目。這幾年不斷分門別類的關係，佐伯外科本身也跟著式微了。

二樓，電梯門開啟。警示燈號在走廊的盡頭發出明亮的綠光。雖然經常出入隔壁的手術室，卻許久沒踏入ＩＣＵ了。仔細回想，上次來應該是還在念醫學部時的臨床實習課。

自動門開啟，耳邊傳來心電圖交互重疊的機械音。即便已是深夜，加護病房裡的人口密度依舊不減，七張病床上都躺著病人。在這棟大樓裡，似乎感受不到時間的流失。

世良的眼睛馬上就找到那名身材矮小的男人。

往他走近後，高階講師抬起頭來露出微笑。

「哎呀，這不是狂妄的一年級小子嗎？還沒回去嗎？」

「可以回去的話我也想回去。」世良忍住怒意答道。

「那為什麼不能回去？」高階講師一派輕鬆地回問。

世良一聽，氣得立刻回答。「我明天必須在臨時術前評估會上分析病例，但我的指導醫生高階醫生什麼指示都沒有，我根本不知道要怎麼辦。」

高階講師壞壞地笑了起來。

「不過是分析病例而已，你不能靠自己嗎？」

「不能，其他一年級的實習醫生都有指導醫師帶著學習。」

「那，我會負起責任的，你就自己上臺分析吧！」

「那也太亂來了……我根本連雙重對比造影怎麼看都不知道。」

「不知道就去學啊！在手術房裡，唯一靠得住的人只有自己，誰都無法幫你。」

世良不可置信地愣住了。

高階講師將視線移回病床，繼續說道：「我還要再觀察一下病人的狀況才回去，世良也早點回去吧！明天有得忙的。」

「高階醫生是佐伯綜合外科的講師沒錯吧？那你就有義務要指導醫院的醫

生。」

「我剛才就這麼覺得了，世良只有這張嘴特別厲害呢！」

高階講師看著世良。

「外科醫生要靠的是手，啊？與其在這裡打混，還是趕快回去念書，早點回家休息養精蓄銳吧你！」

「我知道了，我會這麼做的。」

世良轉身離開。他在心中暗下決定，現在就要馬上奔回家睡覺。

隔天早晨，世良在日出前就醒了。雖然他在從不折起的棉被裡賴了一陣子，但怎麼樣都無法再度睡著，只好作罷起床。他發出呻吟似的喃喃自語。

「……可惡。」

一想到昨天教學中心的氣氛，世良覺得就算今天在會議上失態，大家也不會責怪他，反而會集中火力對高階講師開炮。既然如此，乾脆賴床賴個夠，讓臨時會議更加難看算了。雖然他是這麼想的，但越是這種時候就越睡不著。對自己的小家子氣感到厭煩的世良從床上起身，離開被窩。

身子還有點僵硬，這並不是足球比賽後的那種肌肉痠痛，而是連續幾天累積下來的身心俱疲。

時針指向四點，天尚未亮。

沒辦法。每天早上七點，實習醫生都得負責幫病人抽血及打點滴。雖然時間早了很多，世良還是往醫院過去了。

他穿上運動鞋跑了起來。明明就累到不行，卻意外地身輕如燕。他乘著風，跑在昏暗的道路上，為自己的身體感到不可思議。

早晨的護理站幾乎看不太到大夜班的護理人員。因為晚班只有兩個人的關係，在他們去巡病房時，護理站便成了空無一人的狀態。世良找不到任何有關皆川妙子女士的資料，他獨自在檔案櫃前感到納悶。

奇怪，昨天晚上明明就有收好啊……

他環繞了四周，發現休息室的門半開著，光線從縫隙間溜了出來。

世良推開那扇門，接著他看到了高階講師。

「你昨天沒有回家休息嗎？」高階講師目不轉睛地盯著觀片燈上的影像，頭也不回地問。

世良回答，「我後來就直接回去了，但不太睡得著，所以提早過來了。講師您才是完全沒回家休息吧？」

高階講師指了指旁邊的沙發。

「我是在這裡過夜的。因為人事那邊出了點問題，所以我要到週末才能進到職員宿舍。本來打算住外面的，但想想才四、五天而已，乾脆就住在這個房間吧。」

「您有經過佐伯教授同意嗎？」

高階講師露出滿意的微笑。

「世良真有趣耶！一定要得到佐伯教授的同意才可以住在這裡嗎？」

「這不是廢話嗎？」

嗯嗯。高階講師露出同意的表情，繼續說道。

「放心吧，我不是會重蹈覆轍的人。再說，這種無關緊要的小事，我會好好配合的。我確實有得到佐伯教授的許可才住進來的。」

他將眼神移回X光片上。

「既然你這麼早就來了，分析一下這個影像給我聽看看吧！」

從雙重對比造影可以看出下食道有陰影，可見是典型的食道癌。世良說出自己的看法。自從決定要進外科後，他就有意識地學習了怎麼讀X光片，也自認還滿優秀的。高階講師聽完世良的讀片後，微微地搖了搖頭。

「原來如此，我已經很久沒帶第一年的實習醫生了，但話說回來，剛畢業的年輕人本來就只會這樣解讀。」

世良聽得出來這很明顯不是在讚美他。

「我有那裡說錯了嗎？」

「如果現在是醫師國考，你的答案絕對是滿分。但以一名外科醫師而言，這個答案是不及格的。」

「為什麼？」

高階講師嘆了一口氣，說道：「你好歹也自己動腦想一下吧……」

但他馬上又接著說。

「看在世良一早就認真工作的份上，我就稍微指導你一下吧！你的讀片十分完美，但你好歹也算個外科醫生了，沒有人需要只會讀片的外科醫生。你必須根據這個影像選擇要用什麼手術，思考到時會發生什麼樣的問題啊！這就是你目前欠缺的觀點。」

世良被批得咬牙強忍，他說得沒錯。昨天早上也是，剛換上手術衣站在鏡子前時，還覺得自己挺有外科醫生的樣子，但進到手術房後，馬上就為自己的不足感到丟臉。

高階醫生看了世良的反應，繼續說道。

「不用這麼氣餒，剛開始誰都是這樣。既然你現在知道了，就試著在今天的臨時會議上重整你的看法吧！」

他拍了一下世良的肩膀，錯身而過。

離去前還回頭抛下一句，「我有點累，先去值勤室睡一下。」

第三章　會議　五月

五月十日星期二，東城大學醫學部綜合外科教學中心，臨時術前評估會議。

下午一點，醫護人員都前往佐伯綜合外科的醫生休息室集合。世良並沒有吃午餐，他將X光片擺在觀片燈上後，就一直坐在那裡等著。

所有人都就座後，高階講師、黑崎助理教授，以及佐伯教授也走了進來。待他們三人一入座前方的位置，黑崎助理教授便對世良說道。

「現在開始進行臨時術前評估會議，世良，開始吧！」

世良向大家行個禮後，開始發表。

「病患皆川妙子，六十二歲，女性，是名家庭主婦。病患主訴吞嚥困難，半年前在吃飯時，吞下麵包後覺得怪怪的，便到附近的醫院就診。當時的醫生表示，會不會早在幾年前就有食道炎，食道腫起來才導致吞嚥困難。她的小孩聽完後覺得……」

黑崎助理教授舉起手。

「暫停，我們不用知道家人之間的對話，會議上只要簡單報告就好。雖然我不知道誰是你的指導醫生，但看來他不怎麼用心啊……」

黑崎助理教授看向高階講師，但高階講師毫不在意，他將兩手交叉於胸前，頭也倒向一邊，一派輕鬆的樣子。

世良低下頭，「非常抱歉。」

黑崎助理教授注視著世良，打破沉默。

「繼續吧！」

發現對方不把自己的挖苦放在眼裡後，黑崎助理教授也只能不大高興地讓世良繼續。世良趁著一片混亂，直接進到分析X光片的步驟。

「這個，接下來請看這張影像。CT顯現出癌細胞並沒有轉移至腦、肺，以及腹部。」坐在前方的核心醫師們起身走近影像，仔細地討論。

世良忐忑不安地繼續發表著。

「從雙重對比造影可以看出，Schatten Defekt（陰影）並沒有越過支氣管分叉處。因此，一般來說可以採開胸手術，再一併施行食道中下部切除與重建。」

黑崎助理教授點了個頭，「重建部分要怎麼處理？」

世良看了高階講師一眼，開口回答。

「一般來說可以放置 Magen roll（胃管）進行重建。」

「為什麼你一直用『一般來說』這種不確定的字眼？」

佐伯教授開口詢問。世良一時之間不知道該怎麼回答，又瞄向高階講師。發現對方和顏悅色地看著自己後，他點了個頭說道。

「我並沒有和高階醫生確認要用什麼手術，所以那些都是我自己的推測。」

「哼，看來這對師生相處得不是很好呢！但他的推測看來沒什麼問題，還算有點外科醫生的資質。」

高階講師笑了起來。他伸了一個懶腰後站起，毫無顧忌地往白板走去。他伸手拿起一支紅色的麥克筆，開始迅速發表自己的想法。

「真可惜，世良沒什麼外科天分。他似乎以為術前評估只需要報告病例就好了，的確是我指導不周。我所想的手術方式跟世良推測的完全不一樣。」

「你說什麼？難道你不放置胃管嗎？這樣你要怎麼進行手術？」

高階講師在白板上粗糙地畫了一個小人，再乾脆從小人的左胸上畫下一條紅色的斜線。

他扔掉手中的麥克筆，肆無忌憚地說道。

「體位採側臥，手術中將併行左胸腔橫膈膜切除術。重建採空腸吻合，這部分我會使用食道自動吻合器『Snipe AZI 1988』來進行手術。」

原本兩手交握於胸前聆聽發表的佐伯教授，突然睜開白眉之下銳利的雙眼。

黑崎助理教授站起。

「在目前的食道癌手術中，尚未確立從胸腔進行的手術。考慮到手術後的呼吸照護與併發症，這種做法並不適用於本院。」

「確實如黑崎助理教授所言，日本實在太封閉了，對吧？」高階講師笑著說道：「但是，這才是現在的趨勢，馬薩諸塞那裡都是盡可能在食道癌手術中採側臥位開胸手術的。研究報告指出，只要在手術後初期頻繁地翻動病患身體並多加照顧，便能降低術後併發症的發生。」

「這裡是日本，不要以為美國那套在這裡也行得通。」

黑崎助理教授才剛說完話，高階講師就一臉開心地笑著。

「哎呀，真是令人懷念！我在帝華大學時就經常聽到這句話喔！但我作夢都沒想到，竟然連在日本的外科權威——佐伯外科這裡也能聽到這種保守古板的臺詞。」

高階講師惡作劇似地笑道。

「我在馬薩諸塞只待了兩年，稱不上是什麼經歷，也不覺得有那個必要。先不論研究領域，日本的手術實力當然技高一籌，畢竟我還傳授了幾招給對方的主任教授。黑崎助理教授，請您拿出自信來。如果我們真的是接受日本醫療教育的頂尖外科醫生，區區的美國外科，何足掛齒？」

黑崎助理教授陷入沉默。

「我有問題。」舉手發問的是受黑崎助理教授視為寄望的心腹，年輕的垣谷助手。他認為自己必須站出來幫黑崎解圍。

「關於側臥位開胸手術，薩摩大學醫學部的齋藤教授在去年的外科學會上也分享了三個病例，因此我認為我們佐伯外科也能做得到。但我印象中，他所報告的三個病例都產生了嚴重的併發症，尤其是手術後引發肺炎致死的機率相當高。」

高階醫師一臉認真地注視著垣谷。

「有好好念書呢！但還差了那麼一點。根據在日本進行的側臥位開胸手術報告中，早在兩年前，陸奧市民醫院的木崎外科部長就採用過這個手術了，他一共動了十次手術。據這份報告的結果，手術後發生肺炎的機率只有百分之十。換句話說，重點應該取決於術後照顧才對。」

垣谷瞪大了眼睛，開口問道：「您在哪裡看到那份報告的？」

「去年一月的美國外科會誌上刊登的。」

見證到高階壓倒性的實力，佐伯外科全員陷入了沉默。大家都靜靜地等待佐伯教授展現神蹟。

佐伯教授撥著他的大背頭，開口說道。

「側臥位開胸嗎？盎格魯撒克遜民族果然很喜歡這種華麗又誇張的手術。但就我看來，去切除沒必要動刀的橫膈膜才是外科菜鳥會做的事。也罷，如果是知道自己能力不足才因此下這個判斷，大家應該也沒什麼好說的了吧！」

高階講師越聽越不高興的樣子，但佐伯教授只是繼續說道。

「雖然我可以允許從胸腔進行手術，但實在無法同意使用食道自動吻合器。」

「這是為了要防止Leakage（癒合不良）。」高階講師注視著佐伯教授，開口說道。

現場再度沉默不語，一直以來都支持著佐伯外科醫生們，因為高階講師的話大吃一驚，陷入沉默。沉默包圍了整間屋子。

大家都覺得應該沒有人能夠鼓起勇氣打破這道沉默了。就在這時，傳來了咯咯的笑聲。大家將目光轉向笑聲的方向，只見一名高大的中年男子在那咯咯笑著。穿在他身上的白袍看起來十分鬆垮，鈕釦也都脫落了。

他翹著二郎腿，靠在折疊椅的海綿上，直直地盯著高階講師。

「想不到天下第一的帝華大學大肆宣傳派來的講師，竟然是個沒出息的外科醫生啊！」

「渡海，住嘴！」黑崎助理教授開口罵道。

中年男子聳了個肩繼續說道。

「既然黑崎醫生這樣說了，我只好閉嘴囉！但你們要讓這個只會說大話的傢伙囂張到什麼時候？佐伯教授不趁機好好說個幾句嗎？」

他一邊搔著蓬亂的頭髮一邊說著。

高階講師開口詢問，「請問，你是哪位？」

男人慢條斯理地起身，「我是這間醫院最老的住院醫師，實力派渡海。希望您別把我忘了。」

渡海伸出兩隻手指頭，向高階講師敬了個禮。

待他自我介紹完，高階講師喃喃自語著，「原來你就是渡海醫生……」

他注視著渡海的雙眼，提出質問，「我問你，你為什麼說我沒出息？」

渡海緩緩地轉過頭來，就像剛被換上場的救援投手，上下舒展了自己的肩膀。

「你剛才的意思不是不用機械縫合就會出現 Leakage 嗎？明明就是技術太差罷了。」渡海一臉挑釁地看著高階講師，繼續說道。

「這種手術給我做的話，一樣從前胸開始，依照傳統的方法只要三小時就能完成。當然，不會出現 Leakage。」

高階講師注視著渡海，開口說道。「看來我要按照順序說明比較好呢！垣谷醫生，請問這十年來，有多少人在佐伯外科底下學習？」

被點到的垣谷一臉驚訝，不客氣地回答。

「至少超過一百個。」

高階講師將視線移向佐伯教授的白眉上，繼續說道。

「原來如此，那在這十年中，參與過食道癌手術的人又有多少？」

垣谷答不上來。黑崎助理教授接著開口。

「為什麼你要問這種事？」

「只是感到好奇而已。」高階講師回答。

黑崎助理教授瞄了佐伯教授一眼，假意咳了一下。

「五個人。」

「哦、只有五個人啊？那這五個人又是誰呢？」

黑崎助理教授聳了個肩，繼續回答。

「佐伯教授、碧翠樓櫻宮醫院的櫻宮嚴雄院長、東城中央市民醫院的鏡博之外科部長、我，還有……」

他停頓了一下，帶著恨意地將視線從渡海身上移開，繼續說道，「站在那裡的渡海，就我們五個。」

高階講師瞇起了雙眼，回頭看著渡海。他看著佐伯教授的白眉，再看向渡海亂糟糟的頭髮，嘟囔了一句。

「原來如此，渡海醫生是佐伯教授的直系繼承人啊！」

渡海聳了個肩。高階講師再度將目光移回佐伯教授身上。

「如此出名的佐伯外科招牌食道癌手術，這十年來竟然只有五個人參加過，我看這招牌都要哭泣了。」

「這也沒辦法吧！食道癌手術是外科手術中最困難的，不是每個人都有辦法攀上那座高峰。」黑崎助理教授說。

「換句話說，像食道癌這種難度比較高的手術，只能交給一部分的人去做對吧！那就跟我們帝華大學長久以來的陋習不相上下了。」

佐伯教授抬起白眉，開口說道：「看來西崎的教育也不怎麼樣嘛！」

高階講師看向佐伯教授。

「我認為西崎教授不論在手術技巧還是指導晚輩都不差，重點是佐伯外科的現狀。從教學的角度看來，眼下的情況對於身為教育機關的大學附設醫院來說是很嚴重的問題。再這樣下去，說不定會有人認為佐伯外科根本不會培養新人。」

「高階，你說得太過分了。」

黑崎助理教授提高了音量。在場的人都屏氣凝神地等待接下來的發展。這時，房內傳來肆無忌憚的笑聲。眾人回頭望去，只見渡海正捧腹大笑著。好不容易止住笑聲的他，邊擦著眼角的淚邊說道。

「天哪，你還真是有趣啊！完全無法想像你是從那間一本正經的帝華大學來的。」

渡海換上一本正經的臉，繼續問道：「那請問一下，為什麼使用食道自動吻合器才算完成教育機關的使命？」

「因為那麼一來，所有外科醫生都能輕鬆地完成食道癌手術了。」

高階講師反射性地回答後，高舉那把白色的狙擊槍。

「食道自動吻合器『Snipe AZI 1988』原本就是為了直腸癌的超低位前方切除手術而開發的產品，我將它改良用在食道切除上。美國已經通過測試，目前只剩Department of Human Services（社會福利聯絡中心）的認可還沒下來。日本現在也緊跟在後，進入治療測試階段。我手邊握有測試的基本資料，目前共施行了三十例，無一產生 Leakage。換句話說，只要維持正確的術野，誰都能做到食道切除手術，而且不會出現 Leakage。在教育方面，也不需要花太多時間，便能將技術傳承下去。」

高階講師注視著佐伯教授，繼續說道：「從訓練外科醫生的角度而言，使用『Snipe』只需要花兩年，就可以達到在佐伯外科學習十年的成果。」

佐伯教授一臉嚴肅地看著高階講師，開口說道。

「仰賴機械，且為了引進這項產品，絲毫不顧會給病患帶來多餘的負擔。就是這麼一回事吧？有這種想法的人根本稱不上是外科醫生。」

「話雖如此，用這個的話，完全不會產生 Leakage 喔！去年佐伯外科共進行了三十次食道癌手術，毫無 Leakage 的又有幾例呢？」

黑崎助理教授銳利地盯著高階講師。

「你這個人，一定早就知道我們今年春天在外科學會研討會上發表的資料，才會故意這樣問的吧！真是惡劣。」

黑崎助理教授面有難色地繼續說道。

「Leakage 有兩例，發生率近百分之十。但當時在場的人都不曉得事情的真相。雖然要在大庭廣眾之下討論自己的失敗還滿糗的，但我承認那兩起 Leakage 的主刀醫生都是我。儘管如此，七次手術中只有兩次，發生率約百分之二十九，還是遙遙領先其他醫院。另外，佐伯教授所主刀的十五例中，完全沒有

Leakage。」

高階講師聽完黑崎助理教授的話後陷入了沉思，不久，他喃喃自語起來。

「佐伯教授十五例、黑崎助理教授七例，那剩下的八次的主刀醫生又是誰呢？」

他將雙手交叉於胸前，心不在焉地望向渡海。

佐伯教授開口：「你猜得沒錯，剩下八次的主刀醫生都是渡海，而且也都沒有發生Leakage。」

佐伯教授回頭看向渡海。

「你對這傢伙說的夢話有什麼想法？」

渡海的臉上不再是剛才的狂熱，他心不在焉地回答。

「隨便怎樣都好，反正也不有趣。」

高階講師看向渡海問道：「降低外科手術的難度，再將這種做法推廣到全世界，你不覺得很期待嗎？」

渡海冷冷地看著高階。

「真是傻子啊！外科醫生只要想著如何提高自己的技術就好了吧！要是誰都能靠那個東西進行手術的話，還有人會感激外科醫生嗎？結果還不是在賤賣外科技術而已。你現在要做的事，根本就是在摧毀外科的根基。」

高階講師露出微笑。

「讓全日本都能學會這種簡單的技術，未嘗不是一件好事？」

他回頭看向世良。

「吶、世良，要等十年才能當上食道切除術的助手，這種進步遲緩的世界，你也覺得很煩吧？你不覺得我們應該要創造讓像你這樣的年輕人，都能接連不斷動手術的環境嗎？」

突然被點名的世良心裡一慌。

「咦？呃、那個……」

宛如強大的視線刺到一般，世良語無倫次了起來。

渡海心不在焉看著世良，突然站了起來。

「才剛到任就把我們這裡搞得人仰馬翻呢！真沒辦法！這次的手術就讓我來當第一助手吧！垣谷，你沒意見吧？」

垣谷助手面有難色地陷入沉默。不久，他嘀咕了一句。

「全都依佐伯教授決定。」

佐伯教授看了高階講師一眼，再看向渡海，立即開口大笑。

「天下第一的帝華大學派來了個專說大話的優秀人才，既然這是他在這裡的第一場手術，我們綜合外科教學中心當然也必須派上我們的王牌才算盡到待客之道。好，星期五的手術，第一助手改為渡海。」

佐伯教授快速地瞄了一下黑崎助理教授，接著說道。

「別誤會了，我並不是因為覺得垣谷技術不好才下這個決定，是因為垣谷擅長的領域是心臟血管外科。」

高階講師立刻點頭稱是。

「我懂，佐伯外科真是、豁達大度。」

佐伯教授瞇起眼睛，發出他那低沉的嗓音，「那就這樣決定了，病患皆川妙子的主刀醫師為高階、第一助手渡海、第二助手佐伯。垣谷，把變更後的手術預定表交去手術室。」

「那個，我可以問個問題嗎？」

激烈的論戰終於結束，場內的氣氛才剛舒緩了點時，又出現了不一樣的聲音。舉手的人正是世良。

「什麼問題，說吧！」黑崎助理教授一臉急躁地回答。

世良接著問道：「所以手術方式就這樣定下來了嗎？」

高階講師看了一下周圍，開口說道。「看樣子是決定好了。」

「也就是說，要採用側臥位開胸手術對吧？」

「真囉嗦，一年級的你到底想說什麼？」黑崎助理教授忍不住罵道。

「那要怎麼跟皆川女士本人說明這件事？」

黑崎助理教授一瞬間不知該怎麼回答，沉默了下來。佐伯教授見狀開口。

「這的確是個問題，之前只跟皆川女士說明，因為食道潰瘍所以要開刀。現在要改開胸的話，勢必得再重新向她說明。」

佐伯教授瞥了高階講師一眼。

「你打算怎麼做？」

高階講師雙手抱胸，閉起雙眼。不久，他緩慢地睜開雙眼。

「我選擇告知病患本人罹癌。」

隨著會議結束，大家也都各自離開。世良在踏出房間前又回頭看了一眼，那裡只剩佐伯教授、黑崎助理教授、高階講師。另外，渡海也留了下來。

一回到護理站，世良馬上拉著站在一旁的垣谷助手問道。

「我是第一次看到渡海醫生，他是怎樣的醫生啊？」

雖然世良才剛進佐伯綜合外科第五天，但也差不多都將佐伯外科的人記起來了。儘管如此，那個渡海絕對是今天才第一次見到的生面孔。

垣谷小聲地回答世良的問題。

「渡海醫生已經很久沒參與醫院的事情了，沒想到他竟然會出席臨時會議，我也嚇了一大跳。」

他一臉苦澀地對世良說：「手術室的惡魔竟然自願擔任助手……難以想像禮拜五的手術會變成怎樣。」

「我、那天是在外圍幫忙的流動人員，應該不會有事吧？」

垣谷憐惜地看著他。

「你負責的部分是最無關緊要的，什麼都不需要擔心。比起那個，光是能在外圍幫忙就已經很幸運了，到時你一定要好好睜開眼睛，把這場手術看仔細了。到時候，你的世界一定會產生巨大的變化。」

「渡海醫生這麼厲害嗎？那為什麼他還只是個住院醫師？」

世良想都沒想就開口問了，畢竟怎麼看都覺得渡海的年紀比垣谷還要大。在醫院擔任助手的垣谷攤了攤手。

「理由非常簡單，因為他本人一直拒絕升官。」

世良大吃一驚，怎麼可能會有拒絕升官的外科醫生？

「為什麼要拒絕啊？」

「你真的想知道那麼無聊的理由嗎？」

背後突然傳來聲音，回頭一看，渡海就站在那晃著他亂糟糟的頭髮。

「垣谷，你跟以前一樣，開口閉口就是那些有的沒的，再這樣下去，你最多也只能當到助理教授而已喔！」他笑著說。

「我才不想被渡海醫生這樣說，像你這種小看綁線練習的人，我才不承認你是外科醫生。」垣谷嗆了回去，但渡海只是露出壞壞的笑。

「沒辦法嘛！誰叫手術技術這種東西天生就註定好了。好比說，垣谷再怎麼努力都沒辦法到達我的領域，就算你白袍鈕釦上的花開得再燦爛，也是沒用的。」

「只要努力一點就能超越佐伯教授，明明大家都這麼看好你。你卻不思進取，每次動手術也只是交差了事，看了真令人火大。」

雖然他們看起來只是站著在閒聊，但世良卻是第一次看到垣谷對別人這麼不友善。渡海笑著聳了個肩。

「還是一樣一點幽默感都沒有啊！手術只要能夠治好病人就好了，其他事情都無所謂。而且就真的沒辦法嘛！誰叫我不用練習就這麼強了。」

世良看著垣谷白袍上的鈕釦，原本該是釦子的地方，現在都開滿了用線打出來的牡丹花。另一方面，渡海的白袍明顯充滿皺褶，一朵用線結出來的花都沒有。別說盛開的花朵，他白袍上的鈕釦都不知道掉到哪去了。

「為什麼像渡海醫生這樣的人會擁有如此精湛的技術呢？」垣谷一臉不甘心地說。

「這世界就是這麼不講理啦！誰知道呢？」

渡海拍了一下世良的肩膀。

「不過是個一年級的實習醫生，竟然敢在會議上發言，滿不錯的。我很看好你喔！要不要我收你當小弟？」

「不行，世良的指導醫生早就決定好是高階講師了。」垣谷立刻補了一句。

「那是老頭隨便決定的吧！管他幹麼。怎麼樣啊世良小弟，要不要讓我來指導你呀？」

那瞬間，世良竟然覺得來自渡海的邀請十分有吸引力。

垣谷看到世良動搖的樣子，開口說道。

「渡海醫生陰晴不定的指導，不知道毀了多少新人了。今年我受命擔任一年級的教育負責人，絕對不會讓你這種人當新生的指導醫生。」

看著垣谷氣勢洶洶的樣子，渡海小聲地吹起口哨來。

「說得好，今天我就看在垣谷的面子上，先退下囉！」

渡海從世良身邊擦身而過，又突然想起什麼似地拍了一下世良的肩膀。

「你願意的話，隨時都可以來找我啊！雖然垣谷說成那樣，但才不是我的教學毀了那群傢伙，是他們自己隨便放棄的。被分配到我這裡的盡是些垃圾。」

渡海深深地嘆了一口氣，搖搖晃晃地離開了。

世良看著渡海離去的背影，向垣谷問道。「渡海醫生，他到底是何方神聖啊？」

垣谷一臉不高興的樣子，沉默不語。

許久，他開口說道。「他就像你剛剛看到的那樣，其他的只要看了手術，就算你不想知道也不行。」

護理站瀰漫著一股難以言喻的緊張感。一年級的大家雖然都在忙著各自的工作，卻又一臉心神不寧的樣子。當他們看到垣谷和世良回來後，便低聲悄語討論了起來。垣谷又對世良說了幾句話，拍拍他的肩膀，離開護理站。待他離開後，本來站得遠遠的一年級生全都圍到世良身邊。這些人之中近半數都跟世良一樣畢業於東城大學，對彼此非常熟悉。

「喂，世良你是怎麼了？」以北島為首開口問道。

「你是怎麼了是什麼意思？」世良恭敬地回答，北島忍不住嘖了一下。

「你不是說你昨天完全沒念書？那剛才的發表是怎麼一回事？高階醫生明明就有傳授幾招給你啊！」

世良一臉不可置信地看著北島。

「北島，你剛剛沒聽見黑崎助理教授怎麼說我的嗎？哪裡有什麼高階醫生的指導，才沒這種事。」

「真的假的！那你光靠自學就這麼強哦？」

發出驚訝聲的人，正是被指定負責靜脈曲張手術的渡邊。

世良點了個頭。

「那種程度沒什麼好說的吧！」

渡邊是從舊帝國大學，九州之雄——薩摩大學來的怪人。大學醫院通常是只要申請就能進來的醫院，但渡邊卻是專程從九州申請來這裡的，而且舊帝國大學本身排名還高於東城大學。由此可看出，佐伯外科在其他大學也名聲響亮。

世良話一說完，北島就接著說：「世良是個怪咖啦！他只讀他有興趣的科目，而且是會念到一頭栽下去，考試都考第一那種。」

「但要是他覺得沒興趣的科目，他就會完全放棄。所以每次都差點不及格，還差點要留級。」旁邊的大學同學青木接著說。

「所以我們還偷偷開了賭局，要是有誰沒考過醫師國考，那個人絕對就是世良啦！」

「你們這些傢伙，竟然還做了這種事！」世良不高興地說。

青木則笑著回答：「又不會怎樣，而且大家都覺得那個人就是你啊！誰叫你是個就算落榜好像也不會難過的傢伙。」

其他同儕異口同聲地贊同青木的話。

「對呀！而且世良根本沒花多少時間準備國家考試嘛！」

「這個足球笨蛋已經在大學六年級的秋季大賽踢進冠軍了，就算落榜也沒什麼好後悔的對吧？」

「沒有什麼可以失去的傢伙果然很強耶！」

世良打斷同學對於自己有褒有貶的評論，緩慢地往北島的臉頰出拳打去。

「繼續說啊！你們自己才是，要是沒考上可別一把鼻涕一把眼淚的。」

「但現在這樣也很好不是嗎？反正國家考試的成績禮拜五下午才會出來，所以不管你有上沒上，都可以參加那場手術啊！」渡邊笑嘻嘻地接著說道。

就連從其他學校來的渡邊都認為世良會落榜。雖然其他人也是這樣，但從一個完全不了解自己的人口中說出，總覺得有點火大。

這時，青木開口說道：「我的指導醫生說，禮拜五那場手術將會成為佐伯外科的傳說。」

渡邊接著挺起胸膛說道：「然後下禮拜一就會是佐伯外科的新生代希望——渡邊勝雄，也就是我本人的第一場手術，很值得紀念對吧！」

世良有點受不了地看著一臉快活的渡邊，接著他壓低音量悄聲問道。

「話說，你們知道渡海醫生這個人嗎？」

放眼望去，同儕之中沒有任何人點頭。

「臨床教育時一次都沒見過。」北島開口說道。

「平常在醫院和護理站也沒見過他。」從早到晚都賴在護理站的青木補上一句。

「總覺得他和其他人不太一樣。」世良點頭贊同渡邊的話，腦海浮現渡海陰鬱的眼神。

總覺得那雙眼睛裡，藏有無盡的漆黑。想到這裡，他不禁覺得背脊一涼。

世良不自覺地拿出昨天佐伯教授給他的絲線，將絲線穿過衣服上的鈕釦，用兩隻手拉起線，悠悠地打起結，讓線慢慢形成紙捻的樣子。但心不在焉的他手法既無節奏感，眼睛也沒盯著看，打出來的結自然也不夠完美。

等他回過神來，其他的一年級已經圍繞在自己身旁。他們津津有味地看著世良的動作，最後以北島為代表開口詢問。

「世良，你在做什麼啊？」

五月十一日早晨，所有一年級生的鈕釦上都綁著用絲線打出來的紙捻。在這之中，果然還是北島遙遙領先大家，他的白袍上滿是盛開的牡丹。

世良結束抽血後便待在護理站休息。這時高階講師走了過來。

「早安，十點要去皆川女士那裡 Mundthera，記得先把時間空出來。」

「Mundthera？那是什麼？」

高階講師一時陷入了沉默，眼睛宛如宇宙一般迷濛起來。

接著他開口說道：「那是德文 Mund Therapy 的縮寫，直接翻譯過來就是『用言語治療』，簡單說來就是術前告知。」

「您要告訴皆川妙子女士她真正的病名嗎？」世良直截了當地發問。

他想起昨天會議的最後，幾位大老還留在原地討論的畫面。

高階講師再度陷入沉默，接著，他點了個頭。

「啊啊，本來就這樣決定了。」

「您要直接跟皆川女士說她得了食道癌嗎？」

「啊啊，就是這樣。」

「這種事……」

……真的有辦法做到嗎？話還未說出口，世良便將後面那句疑問吞了回去。

外科醫生沒必要多嘴，只管動手就好。再過一會，高階講師應該就會為自己示範最佳解答了。

十點，護理站呈現一片冷清。雖然今天沒有手術，但實習醫生在醫院的第一年除了一般門診，還有X光片與CT判讀等雜事，大家都忙得不可開交。

唯獨世良被留了下來。

接著出現在護理站的人是渡海。他像在穿半纏[11]似的，將長袖的白袍披在肩上，又把雙臂交叉抱於胸前，宛如一名遊手好閒的武士。

「呦！世良小弟，溫文儒雅地在工作呢！」

世良原想隨意敷衍過去，但渡海卻糾纏著他不放。

他盯著世良的白袍說道：「在練習打牡丹花嗎？我可是個認真的實習醫生喔！你是想讓別人這麼想吧？」

11 和服的一種，有鋪棉的會拿來禦寒、沒鋪棉的用來當工作衣，常見於祭典時。

換做平時，世良早就直接回擊這種挖苦了。但不曉得為什麼，在面對渡海的時候，他卻遲遲無法反駁。渡海的雙手依舊環抱於白袍之下。

「這種無聊的練習不管重複幾次都沒有用的，只是在自我滿足罷了。」

「像我這種什麼都不會的新人，如果還不每天練習的話，是沒辦法變強的。」

世良嘴上這麼說，心裡卻覺得這種話從自己口中說出來十分沒說服力，並納悶起自己為什麼會說出這種話。渡海浮現出陰暗的笑容。

「不管你怎麼練習，實戰時沒辦法發揮就是沒有用的。」

這時，兩人背後傳來了另一個人的聲音。

「總比什麼都不練習的好吧？」

渡海回頭一看，將白袍整整齊齊穿在身上的高階講師就站在那。世良頓時覺得鬆了一口氣。

「客套話就免了吧，高階醫生。」渡海對高階講師說道。

面對渡海的言語攻擊，高階講師整張臉瞬間陰沉了下來。

「我才不是在說客套話。」

「所以你也覺得這種練習在實戰中真的有辦法發揮效果？」

高階講師一臉不可思議地看著渡海。

「當然，我是這麼想的沒錯。」

渡海聳了個肩，嘿嘿嘿地笑了起來。

「什麼嘛！結果你也只是個凡人罷了。」

他一臉挑釁地看著高階講師，繼續說道：「你們現在要去告知病患罹癌吧？能讓我在旁邊一起聽嗎？」

高階講師靜靜地點了個頭。

「十分歡迎，畢竟渡海醫生是第一助手。」

渡海露出陰沉的眼神，輕輕地笑了一下。

待皆川夫婦進到會議室後，高階講師替他們拉了椅子。在他身後的渡海一臉無聊地彈著自己的指甲。坐在另一桌的世良翻開病歷，做好抄筆記的準備。

高階講師開口說道。

「感謝兩位在百忙之中前來。」

丈夫靖夫向高階敬了個禮。事前已向他徵求對太太本人告知罹癌並獲得同意了。儘管如此，世良他們也不太確定病患的丈夫在那次說明中究竟理解了多少。

在一九八八年的時空背景下，告知病患本人罹癌是一項禁忌。因為當時還沒有有效的治療方法，一旦告知病患罹癌，等於是宣判對方死刑。醫院會對病患隱瞞一切有關於癌的病名，而這些行為都是被允許的。

在告知病患病情時，他們會用「潰瘍」來代替「癌」。如果病患得的是胃癌，他們就會說是胃潰瘍。大腸癌即是大腸潰瘍，食道癌也會變成食道潰瘍，大概就是這種情況。

然而，這種謊言卻是阻止醫療往上發展的障礙。尤其是像這次，因為選擇了與以往不同的手術，勢必要向病患說明擴大手術的必要原因。如果只是潰瘍，就邏輯上來說是沒必要擴大手術的。

類似這樣的問題層出不窮後，有部分醫生積極地表示要告知罹癌患者病情。但就現實結果看來，因為知道事實而出現精神狀態不安的病患也為數不少。

話雖如此，告知病患到底是好還是不好，這種事是無法比較的。也有保守作風的醫生過分誇大極少數患者因為被告知罹癌而產生的糾紛，主張不該告知病患罹癌。

高階講師決定要告知病患本人罹癌的行為，在當時可說是十分罕見的。

高階講師是如何獲得佐伯教授同意的過程，像世良這種地位低下的新人是不可能會知道的。儘管如此，世良多少也能推測出像高階講師這種優秀的人，一定是用強硬的手法逼得他們不得不同意的。

「初次見面，我姓高階。」

皆川妙子女士帶著不安的神情看著高階醫生。她已超過六十歲，感覺是位非常有氣質的女士。本來待在她身旁的丈夫靖夫先生靠了過來。

「請問，為什麼要將原本負責照顧我的垣谷醫生換掉呢？」

「請不用擔心，我雖然是這個月才剛到這間醫院的醫生，但做為一名外科醫生，也還過得去。」面對病患妙子女士的疑問，高階講師一臉微笑地回答。

妙子女子不安地搖了搖頭。

「您才剛到不久嗎？」

她垂下視線，明顯感到沮喪。看到這種情形的世良急忙地插了一句。

「高階醫生是從帝華大學來的醫生喔！」

「咦？是那間帝華大學嗎？」

妙子女士露出鬆了一口氣的樣子。高階講師不禁嘖了一下，他身後的渡海則開心地笑了起來。

「真不愧是天下第一的帝華大學，名聲真響亮。」渡海小聲地說。

高階講師臉上不悅的神情瞬間消失，他再度露出微笑對妙子女士說道。

「我在帝華大學已累積了足夠的經驗，所以您不需要為這次的手術擔心。」

高階講師走到白板前，簡單地畫了一些圖，開始說明側臥位開胸手術，以及手術後可能會出現呼吸困難等事項。

待一切說明完畢後，高階講師開口確認。

「到目前為止，請問有什麼問題嗎？」

皆川妙子女士低頭看向自己的腳。

「那個，我已經明白必須做這些困難的手術了，但為什麼我只是食道潰瘍而已，卻必須做到這種程度的手術呢？」

直指核心的問題。那瞬間，現場的空氣宛如凝結一般。已被告知真相的丈夫坐在一旁，忍不住吞了口口水。

渡海原本一直坐在高階講師後方，一臉無聊地彈著指甲，聞聲後立即微向前傾坐起身，宛如一隻豎起耳朵的山貓。

高階講師將頭低下，接著毅然決然地抬起頭說道。

「皆川女士，您得的不是食道潰瘍，是食道癌。」

皆川妙子女士渾身僵住，一動也不動。過了許久才深深地嘆了一口氣。

「是這樣啊、果然是這樣啊……」

「妳早就知道了嗎？」

在丈夫看向自己如此問道後，妙子女士微笑著點頭。

「誰叫親愛的你這麼不會說謊嘛！」她靜靜地笑著。

「不過，因為醫生講解得很清楚，所以我還以為應該真的只是潰瘍而已。剛才聽到真話時，雖然覺得恐怖，卻也同時鬆了一口氣。」

妙子女士向高階講師敬了個禮。

「醫生，接下來就麻煩您了。」

「請交給我，我一定會讓手術成功的。」高階講師回答。

皆川夫婦起身行了個禮，互相依偎著走出會議室。

世良一邊斜眼偷看高階講師與渡海，一邊收拾起病患的資料。

「高階醫生，像你這種外科醫師是沒辦法做長久的喔！」渡海冷冷地說。

世良回頭過去。正在病歷表單填寫術前告知過程的高階講師則抬起頭來。

「為什麼，你會這樣說？」

渡海看著高階講師一臉開朗的樣子，瞬間陷入沉默。接著他回答。

「對外科醫師來說，一定會讓手術成功這種話是絕對不能說的，因為這種事根本就是不可能。既然是告知病情，就該好好告訴病患手術失敗的可能性。」

「渡海醫生很重視自己的工作嗎？」高階講師滿不在乎地詢問。

渡海的眼神黯淡下來。

「工作？那種東西誰管它，我看起來像是重視工作的人嗎？」

「我就是看不出來才這麼問的。」

渡海注視著高階講師，過了不久，他露出得意的笑容。

「你還真是個怪人啊！真的是天下第一帝華大學派來的刺客嗎？」

「我才不是什麼刺客，只是被他們趕走的沒用的人而已。」高階講師回答。

渡海繼續說道。「真會裝糊塗啊！究竟是真的不為所動，還是內心已經在動搖了呢……」

高階講師宛如要將渡海看穿般地盯著他的眼睛，接著他開口說道。

「我會讓這場手術百分之百成功。」

「不可能，就連我都不會說這種話。」渡海立即回話。

高階講師又接著說：「渡海醫生，就是因為你是你，所以才沒辦法說那種話。你是一位出色的手術專職工匠，卻稱不上是醫生。」

渡海嘿嘿嘿地笑了起來。

「這句話對我來說真是最好的讚美了。」

高階講師臉上的笑容驟失，換上一張嚴肅的神情。

「我就知道你會這麼回答，畢竟你是佐伯外科的得意門生渡海征司郎嘛！」

高階講師從腳邊的包包拿出白色的狙擊槍「Snipe AZI 1988」，他瞇起單眼，將槍口瞄準渡海。

「我之所以會來這裡、我被派來東城大學真正的目的是……」

高階講師扣上扳機。

「引導一心追求技術而迷失醫療初衷的佐伯外科回到正確的道路上。」

渡海看著高階講師，單手按住指著自己的槍口，站了起來。他扭了扭脖子，發出喀啦喀啦的聲音，宛如剛上場的救援投手，一邊旋轉著手腕，一邊往門口走去。在他握住門把時，突然回過頭來。

渡海與世良四目交接，說道。

「你要小心喔！世良小弟，太過迷戀這傢伙只會一事無成的喔！聽好了，不管對方話說得再怎麼好聽，沒有技術的醫療就只是粗劣的醫療，不管怎麼磨練心志都救不了病人。對外科醫生來說，手術能力就是一切。」

高階醫師看向正要走出門外的渡海，就像在投擲短刀似地開口將他攔住。

「渡海醫生，你錯了，沒有愛心的治療，是無法登上高處的。」

渡海看著高階講師，陰沉地笑道：「就算沒有愛心，我也一路走到這裡了。」

就像要挑戰那張笑臉似的，高階講師充滿自信地對渡海放話。

「你會在這次的手術中看到新的世界。」

渡海邪笑著，忽視高階講師的窮追猛打。他轉身離去，只剩披在肩上的白袍輕輕飄揚的背影。一直雙手交叉於胸前的高階講師，嘎的一聲從椅子上站起，宛如追著渡海的背影般臭著臉大步離去。

世良目送兩位老大離去的背影，癱坐在折疊椅上。

第四章　吹牛大王　五月

五月十二日星期四，結束完早上的工作，世良便在護理站整理病歷。昨天他因為渡海與高階的衝突，陷入兩人間的緊張氣氛，在床上翻來覆去，一夜沒闔眼。頂著睡眠不足的雙眼，就連病歷上的白底都讓世良覺得刺眼。他硬是咬牙忍住了哈欠。

就在這時，高階講師神清氣爽地出現。

「世良，可以過來幫我一下嗎？」

「好嗚。」世良含糊地回答後起身，跟在高階講師身後。

高階講師小聲哼著貝多芬的第九號交響曲《快樂頌》，一臉開心地拉著藥車前進。抵達目的地後，他輕敲了一下病房的門。

他們進到房間時，皆川妙子女士正盯著天花板看。一察覺高階講師進來了，她急忙地準備起身。

「不用起身，躺著就可以了。」

高階講師將藥車拉到枕頭旁邊，彎下腰來讓視線配合妙子女士的視線。

「現在開始要從胸部幫您打點滴。」

「咦？我以為已經不用再點滴了，剛才他們才幫我拔掉而已。」

高階講師露出微笑。

「這是另外一種點滴，叫作中央靜脈營養輸液，英文簡稱ＩＶＨ。」

「ＩＶＨ？」

妙子女士好奇地詢問。高階講師回頭看向世良。

「Intravenous hyperalimentation 的簡稱，世良知道這個嗎？」

世良搖了搖頭。高階講師笑笑地繼續說道。

「虧你還是東城大學醫學部的畢業生，自己學長的表現都不捧場是不行的喔！」

高階講師轉頭回去，面對皆川妙子女士並開始說明。

「沒有治療功用的手術，就跟傷害他人是同樣的行為。因為那樣就只是拿把刀切開肚子，再隨便攪和內臟而已。」

妙子女士心裡一驚，直盯著高階講師。

「只要能這樣思考，就會明白手術後的靜養和傷口的恢復也是一樣的道理。所以，手術後也要好好補充營養才行。到目前為止可以理解嗎？」

妙子女士輕輕地點了個頭。

「Good！那麼，想要補充營養也有很多方式，但剛結束胃和食道的縫合手術是沒辦法馬上進食的。如果手術完馬上就吃東西的話，會導致傷口裂開，也就是大家最害怕的併發症 Leakage，所謂的癒合不良。」

就像要消除妙子女士的所有不安似的，高階講師自信滿滿地繼續說道。

「因此，我們要用這個ＩＶＨ點滴，充分地幫您補充術後的營養。」

他將手中的ＩＶＨ遞給皆川妙子女士，妙子女士一臉稀奇地看著點滴的正反面。高階講師繼續說道。

「要將營養送入人體的話，最好是用濃度較高的溶液。但如果將高濃度的液體送入較細的血管中，血管也可能會發炎導致血管阻塞。」

高階講師握住妙子女士的右手手腕，用食指輕撫著說道。

「皆川女士的血管既細又脆弱，屬於比較難打點滴的那種。」

站在一旁的世良點了個頭。的確，每次要幫她抽血還是打點滴都很辛苦。因為皆川女士的血管比較脆弱，常常會發生漏針的情形，光想到手術完還要幫她打點滴就讓世良覺得胃痛。每次來幫她打點滴的一年級生都是不同人，那次世良幫她抽血跟打點滴也失敗了兩三次，這種情況還連續了好幾天。

「但請您放心，這個中央靜脈營養點滴可以解決這種問題。這組點滴套組是東城大學醫學部的醫生開發出來的。」

經高階講師一說，妙子女士重新審視手中的點滴。

「只要在離心臟較近的大靜脈，也就是鎖骨下靜脈那裡留下比較粗的管子，就可以將濃度較高的液體送進體內。因為點滴一注射進去馬上就會到心臟，就算濃度再高的液體也會瞬間降低濃度。」

皆川妙子的表情突然僵硬起來。

「要從胸口打針嗎？」

高階講師點了個頭回答。

「軟管剛進去的時候會有一點痛，請忍耐一下。」

妙子女士橫躺在病床上，閉上雙眼。高階講師一邊解開她胸前的睡衣，一邊說道。

「那我要開始了，首先會先用優碘消毒胸口。」

世良在旁仔細觀察著高階講師溫柔的動作。他將粗針刺進消毒過後的胸口，再把針筒慢慢往後拉，確定血液開始回流後，才將細管放入中空針的中心，接著再接上已準備好的點滴袋管子。動作一氣呵成，非常流暢。

「接下來要打的都是這個中央靜脈營養點滴。手術前後都必須跟這個點滴一起行動，也許會有點不太方便，但馬上就會習慣了，想成是在拄拐杖就好了。」

世良專心地看著高階講師用膠帶固定軟管的手法。

「全靜脈營養的效果真的這麼好嗎？」

回到護理站後，世良開口詢問。高階講師沒有直接回答，而是問了他另外的問題。

「世良，你覺得外科手術是萬能的嗎？」

不確定自己是否有聽出高階講師真正想問什麼的世良歪了歪頭。

高階講師繼續問道。

「我換個問法好了，你覺得只要手術技巧高超就可以幫助病患嗎？」

「你是說像渡海醫生說的那樣嗎？」

世良反射性地回問。高階講師點了個頭：「沒錯。」

世良思考了半刻後回答。

「我不知道。」

高階講師看著世良露出微笑。

「回答得很好，既不阿諛諂媚，也不低聲下氣。」

高階講師對世良說。

「你不需要馬上說出答案，好好思考一下這個問題就可以了。但我要跟你說的是，不管手術技巧再怎麼高超，光只有那樣是不行的。並不是醫師的高超技術把病患治療好的，而是病患自己把自己的身體醫好的。醫師只是輔助而已，這點你絕對不能忘記。」

「可是，我覺得學習外科手術的技巧是很重要的。」

世良反射性地否定了高階講師的話。雖然他不擅長應付渡海那種人，但他可以理解渡海所說的話。高階講師笑著回答。

「我並沒有說技術是不重要的。的確，為了減少 Leakage，磨練技術也是很重要的，但提高病患自身的恢復能力也同樣重要，這兩項必須同時並行才是正確解答。擁有高超技術的主刀醫師就像蜘蛛在結網一樣，只要用他的特技手術就可以達到奇蹟般的零 Leakage。但也正因為這樣，佐伯外科才會只有一部分的醫生能夠動食道癌手術。而這種醫療系統總有一天會遇到瓶頸，要是佐伯教授倒下了該怎麼辦？整個櫻宮的醫療品質只靠一個人來維持，你不覺得這種系統太過脆弱了嗎？」

世良呆呆地聽著高階講師說，從來沒有人跟他提過這種事。

「我從沒有想過佐伯教授哪天會消失。」

「那你就想像一下，萬一佐伯教授去世了，這間教學中心會變得怎樣？」

「我不想去想這種事。」

高階講師聳了個肩。

「唉唉，才進來一個禮拜而已，竟然就對佐伯教授這麼忠誠，誰叫佐伯教授擁有無可匹敵的外科魅力。」

世良感到自己的臉微微發燙，就像被班上同學指出自己暗戀誰的小學生一樣。他話鋒一轉。

「那麼，要在外科手術開啟新天地的方法之一，就是使用 Snipe 嗎？」

高階講師點了個頭。

「明天的手術將會是集現代醫學精髓的手術，整個日本都還沒有人看過呢！」

世良看著自信滿滿的高階講師，感到有些暈眩。

五月十三日禮拜五，皆川妙子女士的手術日。

世良將五個鈕釦都開滿白色牡丹花的白袍往手術室置物櫃的牆上一丟，迅速地換上手術服。自從進到佐伯外科後，世良就像掉到瀑布深淵般，被急流沖著走。光是這個禮拜，世良的周遭就以非常驚人的速度產生了巨大變化。從帝華大學聘來的颶風講師在歷史正統的外科教學中心掀起了混亂，宛如將原先躲在暗處的鵺[12]給拖了出來。身處暴風雨正中央的世良，宛如破碎的報紙被東拉西扯著。

不只如此，世良周遭的醫療系統也正往前所未有的世界前進。其中一項便是在告知病患罹癌後，醫院與病患及其家屬所發展的全新關係。

病患已經知道事實真相了，知道自己正處於生死的交界處。如果還不告訴病患本人實際病情便是在說謊。話雖如此，這種謊言真的是不好的嗎？還不知道正確解答的世良在手術室裡閒晃著。

12 傳說中的日本妖怪，據說叫聲像虎鶫（虎斑地鶫），出現於《平家物語》當中。

手術將於上午九點開始。

就算手術室再怎麼早開，七點就跑來果然還是太早了。受到從護士休息室飄出的咖啡香味吸引，世良走了進去。剛煮好咖啡的咖啡機發出瀑布般的聲響。世良環視了周遭，只見一名年輕護士坐在沙發上。

在世良點了個頭後，對方也回了個招呼。世良發現桌上有本食道癌手術的解說圖譜，開口詢問。

「妳是今天手術中負責遞器械的嗎？」

「不是，我是外圍的流動護士。」她以清脆的嗓音老實回答。

年輕護士稍微縮了一下身子，世良繼續問道。

「妳很緊張嗎？」

對方沒有回答，只是輕輕點了個頭。世良又問道。

「妳是第一次當流動的嗎？」

那名護士又往後縮了一下，用幾乎快聽不見的聲音回答。

「今天是我第一次一個人上場。」

世良覺得自己鬆了一口氣。

「其實今天也是我第一次當流動人員，同樣是新人，讓我們一起合作度過難關吧！」

雖然他也不清楚會有什麼難關，但總覺得自己說的話意外地應景。那名護士睜大眼睛看著世良，接著露出微笑。她的笑容就像站在聚光燈下那般耀眼。年輕護士輕輕點了個頭。

「請多多指教。」

世良點了個頭，走出休息室。

他再次確認了張貼在走廊上的手術預定表，第一手術房、手術時間上午九點、主刀醫師高階、第一助手渡海、第二助手佐伯、流動人員世良、麻醉醫師田中、傳遞器械貓田。

他不斷移動視線，直到目光停在流動護理人員那欄。

花房，那個欄位上端端正正地寫著這個名字。

正在手術室等待時，垣谷拍了拍世良的肩膀。

「今天對你來說，可說是一分天下的關原之戰呢！」

世良聳了個肩，醫院裡的大家確實都競相關心著這場手術，但若因此就說這場手術會影響世良的日後，未免有些不中肯。

垣谷一臉愉悅地繼續說道。

「因為今天晚上醫院會舉辦慶祝宴會嘛！」

啊！原來如此！因為今天會公布醫師國家考試的榜單啊！世良突然覺得腳下不穩，萬一自己沒考上的話，又得回到那個暗無天日、只有考試跟讀書的世界了。

「榜單公布的時候你應該還在手術房裡，別在意，好好加油吧！不過宴會滿早就開始了，所以你可能沒辦法準時抵達就是了。」

能不能準時抵達宴會一點關係也沒有，重點是有沒有辦法考上。

廣播響起，第一手術房患者已經抵達。皆川妙子女士和其他護士一起進入手術房。從擔架被抬到手術臺上的皆川妙子女士認出戴著口罩的世良，眼睛彎彎一笑。插著鼻胃管的她伸出細長的手指指著世良。

「世良醫生，還請您多多指教了。」

世良背上冷汗直冒，自己還無法直接參與這場手術。原來做為一名醫生，沒有手術能力將是多麼悽慘的一件事啊！

世良背對著手術臺，背後傳來麻醉醫生的聲音。

「皆川女士，聽得到我的聲音嗎？」

回過頭去，麻醉醫生已結束插管，皆川女士進入了深層的睡眠。

田中麻醉醫生感到非常著急，明明病人都已經進入麻醉了，手術房裡卻只有站在外圍幫忙的世良。

「從沒看過的ＩＶＨ、還有側臥位……再從胸腔開刀？新來的講師喜歡作秀就算了，竟然還擔任主刀醫師，然後現在連外科天皇跟手術室的惡魔都要給我遲到嗎？喂！流動的，你去看一下他們到底在磨蹭什麼。」

世良用衝刺的跑出手術房。

途中剛好碰到了高階講師。

「喂！世良，這麼早啊！」

世良點了個頭。高階說了聲「借過」後便與世良擦身而過，進入手術房。

世良瞄了一眼刷手區，在那看到了佐伯教授的背影。看來再過不久他就要結束刷手了。鬆了一口氣的世良離開刷手區。

還剩下渡海。

穿著手術服的世良在走廊穿梭著尋找渡海高大的身影。他走回更衣室，但早已超過手術開始時間的更衣室毫無人的氣息。世良感到無所適從。

突然，他看到了外科休息室的門牌，就在手術室走廊的盡頭。世良不知怎地總覺得有點在意，也許是剛剛太過匆忙才無法冷靜思考，他戰戰兢兢地打開休息室的房門，裡頭傳出女性清脆的歌聲。他走進房裡，打量著四周。這裡有床、有洗臉臺，還有一面很大的鏡子，簡直就像是旅館的房間。

世良頓時睜大了雙眼，在那裡！

橫躺在沙發上，枕著自己手腕小憩著的身影正是渡海。

渡海似乎察覺到有誰靠近，悠悠地睜開眼睛，視線恰巧對上正在俯視自己的世良。他坐起身，輕輕地笑了。

「您在這裡做什麼？」世良趕緊追問。

「這是一種五體投地的放鬆方式，又叫作冥想。」渡海回答。

只是單純在打瞌睡吧！世良忍不住在心中吐槽。但表面上，他還是恭敬地向渡海報告。

「渡海醫生，請您快一點，手術已經開始了。」

渡海翻了個身，背對著世良。

「跟他們說我再過十分鐘過去。」

「佐伯教授已經刷完手了喔！」

渡海不耐煩地回答。

「老頭是第二助手，術野是主刀醫師和第二助手負責建立的，這世界上最偉大的第一助手，也就是手術中站在前面的那個人，整場手術可是由他來主導的。」

渡海咬牙忍了個哈欠。世良聽完傻在原地。這個人，難道打算比教授晚進手術房嗎？又過了一會，宛如配合正在抽泣的女性歌聲，靜靜地傳來他熟睡的呼吸聲。

——這是哪門子醫生嘛！

感到憤慨的同時，世良也在心中的某處苦笑著。

回到手術房後，高階講師和佐伯教授正默默地拿著優碘幫病患的身體消毒。

負責遞器械的是貓田主任。她的個子不高，那雙從口罩與手術帽的縫隙露出的雙眼，毫無間斷地轉動著，觀察整個手術的狀況。花房則站在手術房的角落，一下遞送腳踏凳，一下準備點滴，辛勤地工作著。

世良和她打了聲招呼，花房也立即回應。這時背後傳來佐伯教授的聲音。

「一年級的，渡海那邊怎麼樣了？」

「那個，他還在外科休息室，我已經叫過他了。」

世良支支吾吾地回答。佐伯教授聽完忍不住嘖了一聲。

「還是老樣子，真是個散漫的傢伙。」

「渡海醫生要是不來的話，佐伯教授就晉升成為第一助手了，還請多多指教。」

高階講師笑著說。佐伯教授皺起眉頭。

「那樣的確是幸運多了，我現在才終於了解到這件事。」

高階講師站在患者的右側，主刀醫師的位置。他靜靜地看著負責遞器械的貓田將手術器械一個個小心地放上手術臺。突然，他開口詢問。

「咦！那個止血鉗是什麼？」

貓田的手上正拿著一把純黑的止血鉗。佐伯教授開口說道。

「是黑色止血鉗啊……看來不小心準備到我的手術用具了。」

「啊，不好意思，因為有佐伯教授的名字，不小心就……」

雖然戴著口罩看不太出來，但佐伯教授似乎正在笑著。

「沒關係，不能讓那傢伙用黑色止血鉗，放在一邊就好了。」

高階講師一臉不可思議地看著佐伯教授。

「為什麼那把止血鉗是黑色的？」

佐伯教授沒有回答高階講師，只是默默地拿起銀色的止血鉗固定覆蓋在術野之上的布。

手術準備工作結束。自動門開啟，渡海慢悠悠地走進手術房，還連打了好幾個哈欠。受到他的影響，貓田也跟著打了一個小哈欠。渡海立刻見機開口。

「呦！小貓田還是老樣子，不管到哪裡都可以打瞌睡耶！」

貓田從口罩跟手術帽之間露出細長的雙眼，盯著渡海說道。

「我可不想被渡海醫生這樣說。」

「妳打招呼的方式還真冷淡啊！」

渡海輕輕笑道。

「渡海，不要再廢話了，快點就定位。」佐伯教授微微挑了一下白眉說道。

「喔——」

渡海慢吞吞地走到高階講師的對面就定位。佐伯教授則站在構成術野的金屬框外側，只將手放進術野參與手術。

「上午九點十二分，手術開始，請多多指教。」

高階講師向大家敬了個禮，兩名助手也大聲回應。

「手術刀。」

高階講師喊出這個字後，銀色的光便順勢被遞到他的手中。手術刀劃過的瞬間，內臟也跟著露出。貓田將止血鉗遞向渡海伸來的手，止血鉗並沒有留在渡海手上，一眨眼便被夾在它該去的地方——病患因開刀而露出的胸壁邊緣。

那裡宛如拉鍊的銀色牙齒般，等間隔地排列著許多止血鉗。高階講師兩手一轉，推開了狹窄的肋骨的縫隙，還沒喊出「撐開器」前，渡海就拿起銀色的把柄按壓在傷口上，俐落地開始動作了。

世良站在腳踏板上觀察著手術的一舉一動。只見桃紅色的肺越加虛弱，漸漸地縮小。高階講師的手術刀一劃，橫膈膜順勢裂開，腹部的臟器也跟著露出。渡海沉默地從器械臺上搶過紗布，用紗布壓住從橫膈膜的裂開縫隙中探出頭來的腹部內臟。

「板鏟。」

渡海的長指深深地埋入術野裡。遞來的銀色壓舌板前端一發揮作用，他便將壓著腹部內臟的板鏟交給佐伯教授。

「第二助手，維持手術視野。」

佐伯教授挑了下白眉，安靜地接下板鏟。

在這段期間，高階講師手中的手術刀從沒停過。他毫不在意術野那傳來的微妙氣氛，只是靜靜地進行著手術。不久，他豁然開朗地說。

「O－K－，腫瘤分離完成。」

高階講師大口地喘氣調整呼吸，令人可恨的腫瘤已完整現形。世良倒吞了一口氣。

——速度好快。

佐伯教授瞄了一眼牆上的時鐘。

「分離腫瘤大概花了一小時嗎？還算可以啦！」

高階講師露出微笑。

「接下來要加快速度囉！腸道縫合器。」

高階講師接過貓田遞出的細長器械，將它放進患者的體內深處。他操作著這臺可以直接從兩排金屬釘書針正中間切斷的縫合器，再將器械還了回去。一共重複了這個動作兩次。

「手術刀。」

他將手術刀劃進患者體內，再交回護士手上。接著兩手一起往身體的更深處插入。

下個瞬間，他高舉那隻釣到的魚，那是一隻滑溜溜的粉色鮭魚。

「食道癌腫瘤，取出來了！」

高階講師嘹亮的聲音在手術房內迴響著。

佐伯教授嚴厲的聲音隨之響起。

「吵什麼，不過是把腫瘤拿出來而已，魚店、肉店老闆的手法還比較漂亮。接下來才是關鍵。」

戴著口罩的高階醫生，用那張只看得到眼睛的臉開心地笑了。

「非常抱歉，因為終於把這個可恨的腫瘤摘出來了，實在太令人雀躍，不小心就……」

「哎呀哎呀，像個小孩子一樣。」渡海笑著說，「我倒覺得腫瘤跟小貓一樣可愛呢！」

高階講師的手突然停了下來。

「你剛才是說，腫瘤很可愛嗎？」

渡海一臉訝異地看向高階講師。

「有什麼好驚訝的嗎？」

「你的個性到底是扭曲到了什麼程度才能說出這種話？」

「你感到很意外？我們外科醫師可是多虧了它們才有辦法生存耶！」

世良因為渡海的話嚇傻了。渡海從高階講師的手中搶過剛摘出來的檢體，放入彎盆裡。

「流動的，把這個帶去病理檢查室。」

世良接過彎盆，正要走出房間時，背後再度傳來渡海的聲音。

「沒有必要等到迅速組織診斷的結果出來，這位大叔不是只有嘴上功夫，手術技巧也不差，診斷結果絕對是陰性。比起那個，要是錯過日本首次使用狙擊槍吻合的精采畫面就太可惜了。」

世良點了個頭，使出他的飛毛腿功夫，向前衝刺。

待世良回到手術房時，高階講師的手中正拿著分離處理後的空腸切口。渡海看著世良，眼睛彎彎地笑了。

「真不愧是一年級的王牌，絕對不會錯過最重要的場面。」

高階講師抬起頭來看了一下世良。專心致志在術野的他的表情，完全不見平常的開朗笑容。

看似放心了之後，高階講師對著遞器械的貓田護士說。

「貓田小姐，『Snipe』。」

貓田將放在手術臺上的狙擊槍，食道自動吻合器「Snipe AZI 1988」遞上。

高階講師撫摸著槍身，接著他使勁轉動著對準扳機的把手，讓前端的圓芯片一點一點分開。在前端差不多分離一公分左右，他拔出那顆既小又圓的前端部分，那顆小零件看起來就像顆陀螺。接著，他將那顆陀螺放入病患的體內深處。

「剪刀、止血鉗、還有持針器、縫合線。」

貓田護士應聲遞出高階講師要求的器械。看樣子，高階講師正在患者體內深處進行複雜的作業。不久，他抬起頭看向佐伯教授的白眉。

「第二助手，請保持芯片前端位置，不要讓它跑掉。」

佐伯教授抬了一下眉毛，從腳踏凳上慢慢地走下，漫不經心地將右手手腕放入病患的體內深處。

「這樣可以嗎？」

「Good！」高階講師立刻回答，接著他轉向渡海。

「第一助手，把小腸維持在這個位置。」

「好、好。」

渡海一臉懶散地伸出雙手捧著對方遞過來的小腸。

「手術刀。」

高階講師用手術刀一劃，刺進小腸。

「你、你幹麼？」

渡海瞬間感到困惑。高階講師看了渡海一眼，笑了。

「第一助手，不要問多餘的問題，接著看下去你就明白了。」

他將狙擊槍「Snipe」的槍口插進用手術刀劃開的小洞，再從切口的分離處露出。接著他拿起針線縫起小腸切面，宛如拉緊束口袋般收起了邊緣口。狙擊槍的前端，宛如套著肉製的保險套般，被患者的小腸包覆了起來。

「辛苦你了，第一助手的工作到這裡就算結束了。」高階講師對渡海說。

高階講師將狙擊槍深入病患的體內，再從第二助手佐伯教授那接過陀螺的前端，放回狙擊槍的前端。他手持白色狙擊槍，吐了一口氣，環視整間手術室，最後與世良的眼神對上，並輕輕地點了個頭。

「接下來，全新的外科手術時代就要來臨了，請仔細看好。」

高階講師扣下狙擊槍的扳機。

整間手術房裡悄然無聲，高階講師停下了動作，不久，他喃喃自語著。

「有反應。」

他再度轉動扳機後方的發條，扣上扳機。

「打兩次已經是慣例了，雖然沒什麼意義，但就像被下了魔咒一樣不做不行。」

高階講師沒有針對誰地自行補充說明著，接著他將白色槍身從病患體內取出。因為沾染到患者體內的黏稠血液，槍身有一部分也變成了暗紅色。

高階講師又轉了兩次狙擊槍的前端，拔下前端的陀螺，再從該中心拿出兩片外型類似甜甜圈的肉環，平放在手術視野的布上。

「像這樣，只要取出兩個肉環就算手術成功。其中一個肉片是食道，另一個是空腸的邊緣，這樣便可達到縫合，不會產生 Leakage。」

佐伯教授與渡海靜靜地看著那兩塊肉片，渡海忍不住小聲說道。

「這種東西才不是手術。」

「那你覺得這是什麼？」

渡海陰沉地笑了一下。

「扮家家酒。」

渡海往後退了一步，拉下口罩，爽快地脫下拋棄式的手術服，再拋下一句話。

「第一助手的工作結束了是吧？那我要走了。」

渡海搖晃著身子，悠悠哉哉地離開手術室。

佐伯教授白眉以下的表情都皺了起來。

「笨蛋！只要跟渡海說工作做完了，他直接走人也是很正常的。沒辦法，我只好晉升成第一助手了。」

「真是幫上忙了，因為接下來還要把在小腸開的洞縫起來，還有橫隔膜縫合、腹腔跟胸腔的收口，零零散散的雜事堆積如山呢！」

佐伯教授用鼻子哼了一下笑道。

「教授這個工作還真無聊啊！我現在還真想從這個位置離開啊！真是的，好羨慕渡海。」

「不要一直抱怨比較好喔，再過不久，這個玩具就要帶領佐伯外科走向新時代了。」高階講師一邊縫合一邊回應著。

「別太得意了，吹牛大王。」

佐伯教授如刀子般銳利的眼神射向高階講師。

模糊的視野漸漸恢復清晰，天花板的無影燈令人刺眼。眼前的誰的輪廓，慢慢明朗了起來。總覺得有個令人熟悉的聲音，從很遠的世界往自己傳來。

「皆川女士，妳恢復意識了嗎？手術已經結束囉！」

儘管拚命地想點頭，卻只能微微地睜開眼睛。世良的聲音在空蕩蕩的手術室裡迴響著。

「手術結束了喔！手術很順利喔！」

——太好了，這樣就能見到孫子了。

意識模糊的皆川女士不斷重複著相同的話。

——醫生，謝謝您。

高階講師兩手交叉於胸前，站在ＩＣＵ的生命徵象儀表板前。世良站在他的身邊等待他發號施令。

「難以置信，ＩＣＵ竟然沒有ＩＶＨ的輸液袋。」

高階講師喃喃自語著。不久，他重振精神說道。

「以高張葡萄糖液為主，追加肝庇護劑跟維他命劑，明天開始醫院大樓都要使用調和過的點滴。」

ＩＣＵ的護士收下世良手寫的口述項目。高階講師對著值班護士說。

「木島先生昨天已經回到一般病房了，謝謝妳們之前的照顧。」

「希望您也能為周遭考慮一下啊！」

他轉頭望向背後的聲音來源，只見藤原護理長盤著手站在那。

「我從貓田那邊聽說剛才手術的事了，第一助手在手術中離開這種事根本前所未有，能夠允許這種事發生的主刀醫生是無法獨當一面的。」

高階講師瞇細了雙眼。

「的確如您所說，我還無法獨當一面。話說，藤原女士也兼任ＩＣＵ的護理長嗎？」

「我們這種鄉下地方的教學醫院，哪能跟天下第一的帝華大學比，手術室的護理人員都得兼任ＩＣＵ的工作的。所以希望您不要再增加規定之外的事情了。」

「請放心，再過不久，日本的醫院就會以我的做法為標準看齊了。」

「那希望您可以等到全國統一標準了再來我們這裡，畢竟我們可不是研究型醫院。」藤原護理長回擊。

「請別說些不通人情的話，我做那些完全都是為了病患著想。」

「如果你以為只要說是為了病患，就什麼都行得通的話，那可是大錯特錯。這種說詞只能用一次而已，護理人員可是有很多事情要忙的。」

話雖如此，藤原護理長的語氣也漸漸柔和起來。

「不過，不管怎麼說，食道癌手術也順利結束了，看來你不是只有一張嘴會說大話而已，還算有實力嘛！」

高階講師淺淺地笑了。

「終於得到您的讚美了，真是令我感到光榮。」

場面瞬間沉默，高階講師繼續盯著皆川妙子心電圖的波形。

這時，在醫院待了五年的核心醫師，三橋醫師走了進來。他一臉嚴肅地向高階醫師打了招呼。

「那個，其實今天有慶祝新人國考合格的宴會。」

高階講師露出微笑。

「對耶，今天是國家考試的榜單公布日，世良考得怎麼樣？」

三橋的表情瞬間黯淡，低下了頭。世良心裡一揪。

「三橋醫生，我該不會……」

即便聽到了世良著急的聲音，三橋醫生依舊低著頭，動也不動。仔細一看，他的肩膀還微微搖晃著。不久，再也忍不住的他放聲大笑。

「白痴啊你，像你這種厚臉皮的傢伙怎麼可能會落榜嘛！」

三橋滿臉笑容地拍了拍世良的肩膀。

「恭喜你合格通過考試，從今天開始，世良醫生就是我們佐伯外科的正式成員了。」

感到安心的世良吐了一口氣。

高階講師笑著向他伸出手。

「這代表你往醫師的長遠之路邁向第一步了，恭喜。」

世良道謝後，伸手回握那隻手。那是一隻既柔軟又厚實的大手。

這就是外科醫生的手？世良心想。

三橋醫師在告訴世良宴會地點後就離開了。宴會似乎已經開始了。高階講師看著心不在焉的世良，對他說道。

「去吧世良，今天晚上你可是主角喔！」

「但是……」

「接下來我來處理就好，今天算例外。」

被高階講師強推著趕出加護病房的世良，腦袋裡瞬間閃過皆川妙子女士不安的神情。但下個瞬間，他便飛快地往更衣室衝去。

櫻宮市的繁華街道——蓮葉路上有間歷史悠久的料亭。世良還是學生的時候，曾經被畢業的學長帶來過幾次，是一間對學生而言還嫌太早的高級料亭。

經女服務員指示宴會廳的位置後，馬上就可以聽到拉門另一端傳來的喧鬧笑聲。世良啪地打開那扇他以為是座位最後方的門。

未料拉門開啟後，直接對到眼的卻是背對著掛畫，正在倒日本酒的佐伯教授的白眉。

「啊、弄錯了……」

臉頰通紅的佐伯教授先是凶狠地看著世良，接著露出微笑

「哦哦！辛苦你了，皆川女士在手術後似乎恢復得滿好的。」

世良向他敬了個禮，溜進會場。垣谷見狀，邊拍手邊大聲叫好，看來只差他一個，人就都到齊了。

「各位！我們最後的主角，飛毛腿後衛世良抵達現場了！」

底下的掌聲稀稀落落，看樣子宴會早已超出垣谷能控制的範圍了。垣谷向世良遞出一個大酒碗。

「這杯敬你成為佐伯外科的正式一員，一口氣乾了它吧！」

垣谷好不容易才止住搖搖晃晃的手，拿起裝滿一升日本酒的酒瓶替世良倒酒，直到酒碗的一半都盛滿酒他才停下動作。

「好啦！大家注意，今年的實習醫生、一年級的壓軸世良要發表誓言了，發表完一口氣乾掉這杯，證明你的決心。」

世良瞄了一眼腳邊的北島，已經半醉的他大喊著令人摸不著頭緒的話：「喲！總統！」

「那個，我的資歷尚淺，還請大家多多指教。」

「一本正經的真不像你啊！」青木嘲笑道。世良忽視他的挖苦，傾斜著酒碗就口，在大家的吆喝下速度越漸加快。

「喲！喲！喲！喲！」

世良酒碗的傾斜角度越來越大。為了證明他確實喝完所有的酒，他還將酒碗倒過來讓大家確認。臺下也因此傳來陣陣掌聲與歡呼聲。

「做得好，現在去跟教授敬酒吧！」

世良被垣谷推著往前，在一片喧鬧中跪坐在佐伯教授對面。佐伯教授伸出拿著酒壺的手，世良也拿起酒碟靠過去接酒

佐伯教授將自己的酒碗拿起一飲而盡，接著吐了一口氣。

「世良，你運氣還真好，碰到高階跟渡海這兩個天差地遠的外科醫師。要同時近距離觀察這兩種類型，可是很難得的。好好把他們的技術都偷學過來吧！」

世良敬了一個禮後，隨即退下。

宴會後方已經亂成一團了，爛醉如泥的北島一口氣喝盡主刀醫師關川替他倒的酒。

「加油喔北島！星期一的下肢靜脈曲張手術，你可是領先其他人，第一個當上

主刀醫師的一年級生啊！」

聽到這句話後，世良忍不住開口詢問。

「關川醫生，第一個動手術的人應該是渡邊吧！」

他環視會場，卻不見渡邊的身影。

「今天早上為止是這樣預定的沒錯，但計畫變更了。」關川醉醺醺地回答。

「為什麼？」

世良才剛問完，關川便一臉不耐煩地回答。

「真是遲鈍的傢伙，當然是因為渡邊沒考上醫生啊！聽說他已經在收行李準備回九州了，明天起就看不到他了。」

世良突然覺得腳下一軟，只要出個差錯，自己也有可能變成那樣。感到恐怖的同時，安心感也從內心不斷湧上。自從知道考上後，這是他第一次感到這麼高興。

看來我的個性也滿差的，世良心想。

「世良，喝！」

前輩在自己的酒碗裡添了滿滿的酒。儘管狼狽地連連嗆咳，世良還是一口氣喝盡碗裡的酒。

仔細一看，會場內卻不見今天在手術房大放異彩的高階講師與渡海，世良因此覺得更加不安。

宴會一直持續到深夜。依照往年的慣例，被灌醉的實習醫生都會倒在這間包場整晚的宴會廳。宴會廳的角落，有三名外科醫師圍坐在一起喝酒。待了五年的住院醫師關川開口說道。

「這之中有幾個人會留下來呢？」

「誰知道。」

垣谷助手喝光酒碗裡的液體，將手中的酒壺倒過來。

「可惡，已經沒了。算了，今年這一年也算是大豐收，除了反過來影響大家的，還有搶先其他人往上爬的傢伙。」

說完這句話，垣谷敲了一下醉倒在自己腳邊的世良的頭。但早已醉倒的世良只是含糊著回應了幾句。

「那麼，我也差不多要走了。」

垣谷說完，三人站起，各自伸了一下懶腰。

「接下來就麻煩你們了。」

關川和三橋點頭，今天他們將做為新人的照顧者，在這裡待到天亮。

「晚安，小羊們。」

垣谷看了一下大家的睡顏，關上宴會廳的燈。黑夜立刻降臨，籠罩著那群早已醉得不省人事的新人外科醫師，帶他們進入夢鄉。

平日埋頭於繁重職務的新人外科醫師，也在此時暫且得到休息的片刻了。

第五章　新面孔　七月

七月，老舊的醫院宛如蒸氣室般悶熱。在這樣的環境下，佐伯綜合外科裡，有些較大膽的一年級生乾脆就讓白袍底下半裸著；但大部分的一年級生還是規規矩矩地穿著襯衫。世良介於兩者之間，他的白袍下是件T恤。

在這種快要將人煮熟的酷暑之下，佐伯外科大樓也倦怠地運作著。因為正值暑期輪休，人手比平常少了四分之一，醫院裡的氣氛令人提不起勁。但一年級生也因此能夠在七月至九月這段暑期間稍微越級，被委任平常無法接觸的前輩們的工作，其中還包含替正在放暑假的同事代班。看似沉穩的醫院大樓內部，對於工作在其中的人而言卻是忙碌不堪。

七月十八日星期一，早上九點。這天也是萬里無雲的大晴天。

「喂——世良，過來一下。」

垣谷助手從休息室裡探出頭來叫住世良。因為高階講師這禮拜放了很多假的關係，世良的指導醫師暫時由垣谷擔任。看著世良白袍上的釦子開滿了用線編出來的花，垣谷笑咪咪地對他說。

「接下來要賦予世良醫生一個重大的任務。」

聽到不同於平常的敬稱，世良立刻警戒起來。

「幹麼？突然裝模作樣的？」

走進休息室後，三位年輕人立刻站了起來。垣谷開口說道。

「他們是專科二年級[13]，也就是大四的學生。因為今年開始臨床實習提前了，所以我們暑假就要開始接學生了。實習期間共五天，結束後，學生和指導教官雙方都必須提交報告。也就是說，實習醫生一年級中最厲害的人，世良醫生你雀屏中選，成為他們的指導教官了！」

垣谷的華麗說詞令世良哭笑不得，總而言之就是自己得做的雜事又增加一件了。對外科醫生來說，帶學生實習這種事吃力不討好，基本上就是一件毫無意義的工作。而且沒想到連指導教官都必須交報告，真是不走運。世良輕嘆一口氣。要不是因為現在是暑假，世良也不會被分到這種工作，這原本應該是手術助手階級的人才能做的。但世良也知道，垣谷從這個禮拜起也要開始放暑假了。

「這位是你們的學長，也是我們佐伯外科引以為傲的一年級王牌世良醫生，有

13 日本的醫學院是六年制。前兩年必須修習所有科目，第三年才會進到專科學習，第四年開始臨床實習。（每間醫學院的狀況不一）

什麼不懂的地方，不用客氣問他就對了。」垣谷十分愉悅地對學生們說。

三位學生向世良敬了個禮。垣谷接著說。

「你們也自我介紹一下吧！」

三人互看對方一眼後，身材高大、最顯眼的學生往前踏出一步。

「我是專科二年級的速水，第一志願是外科。」

叫做速水的學生態度堅決地看著世良。世良突然想起，自己決定要走外科時是在大六的秋天，從足球社引退後才確定的。這傢伙跟其他人不太一樣，世良內心有種預感。

另一名身材微胖的男生接著說道。

「我是島津，柔道社的。」

明明只是個學生卻留著絡腮鬍，已經畢業了嗎？世良心想，感覺比自己還老成。

緊接著，旁邊稍顯瘦弱的男生也報上自己的名字。

「我叫田口公平，請多多指教。」

只有他一個人將姓名完整地說出來，但他那張蒼白的臉卻讓人覺得有點神經質。學生們都打完招呼後，垣谷接著說。

「以上就是F小組的三位二年級學生。世良醫生，接下來就拜託你了。」

「今天可以帶他們去觀摩手術嗎？」

下午第一場手術是胃癌患者的胃幽門部分切除手術。垣谷回答。

「不用，後天還有一模一樣的手術，那時候再帶他們去吧！今天希望你先帶他們去手術室教他們刷手。」

垣谷將視線移回學生身上。

「今天是實習第一天，所以學完刷手就可以回去了，畢竟還是暑假嘛！明天開始你們就跟著世良醫生一起去回診，病患姓小山，罹患胃癌，後天你們再去觀摩那場手術。」

世良帶著三名學生來到手術室的刷手區，覺得自己就像帶著雛鳥的鳥媽媽。有幾名護士恰巧在這時經過手術室，覺得她們視線有點刺眼的世良挺起胸來。

「手術室要求的清潔和日常生活中的清潔是完全不同的，後天觀摩手術時你們也會需要刷手，今天就先好好看我怎麼做吧！」

三名學生點了點頭。突然，世良覺得有誰在盯著自己看，一回頭便對上了那道目光，對方立刻慌忙地避開他的視線。

世良看著花房跑遠的背影，重新找回專注力。他面向學生說道。

「刷手的原則是從手指往身體的中心做清潔。順序顛倒就出局，必須重新來過。一旦踏入清潔過後的世界，就不能再用手指碰觸任何骯髒的東西。這裡的『骯髒』並不是平常說的『不乾淨』，在手術室裡，只有術野裡面是清潔的。術野就是開刀時，病患內臟露出來的範圍，四周會圍著清潔過後的布牆。在那之外，哪怕是一根手指也碰不得。」

世良在說話的同時，也回想起跟過去的戀人祐子瑣碎的爭吵。

「不管表面看起來有多乾淨，跟術野相比，你們平常待的世界都是遙不可及的骯髒世界。」

這樣明白了嗎？世良問道。三人一起點頭。

結束刷手指導後，世良解散了學生，意氣風發地前往第一手術房。

麻醉已經施打結束，主刀醫師垣谷和第一助手關川正在進行術野的作業。因為現在是暑期輪休的關係，手術規格也比平常低了一階。換作平常的話，垣谷應該是第一助手，而主刀醫師應該是某位講師等級以上的人才對。

垣谷拿起優碘往失去意識的患者身上塗抹，嘴上哼的旋律則是電影《洛基》的主題曲。世良在手術房裡四處打量著，發現了在角落默默排放手術器械的護士。低著頭做事的她彷彿也感受到來自世良的視線，長長的睫毛微微晃動了一下。

「喔！這是小美和第一次負責遞器械嗎？」垣谷愉快地向那位護士搭話。花房抬起頭瞄了一下世良，再將目光移到垣谷身上。

「請多多指教。」

「妳就當作搭上了一艘大船，放心交給我吧！」垣谷充滿活力地回答。

「世良，剛剛很威風地指導了學生了吧！看起來完全是個可以獨當一面的外科醫生嘛！」第一助手關川對世良說。

世良低下頭，無視關川的揶揄，從中途加入乾淨的術野建立作業。

「下午一點半，胃幽門部分切除術開始，拜託各位了。」

主刀醫師垣谷話一說完，全體護理人員一起敬了個禮。垣谷從花房手中接過手術刀，花房的手微微顫動了一下，但第二助手世良卻裝作什麼都沒看到。

垣谷謹慎地在病患的腹部正中央劃上一刀，進行開腹。第一助手關川一一確認著腹壁上的出血並以止血鉗處理。世良對花房說。

「縫合線。」

花房立刻將絹絲線遞給世良。世良用指尖繞了幾圈線，將手指和線同時滑至關川拿來止血用的止血鉗前端，打了個結，接著再用手術剪刀剪斷線頭。關川與世良這對搭檔，站在正拿著止血鉗撐住腹壁的垣谷身邊，持續進行止血與打結的動作。

關川的聲音從口罩底下傳出。

「世良，你的結打得越來越好了耶！」

世良眉開眼笑的。垣谷接著說道。

「因為他是一年級裡最勤奮練習打結的，持續練習才會變成自己的技術啊！」

原本成績最好的北島最近時常偷懶，因此世良就變成最認真練習的一年級生了。世良很喜歡練習打結，每打一個結，他就覺得自己的外科技術又提高了一點，因此感到很開心。這跟在足球社時熱中於練習挑球的感覺滿類似的，不斷重複單調的動作，最終就會變成身體無意識的反射動作，比賽時就能非常流暢地迎來甩開對手的瞬間。

也許哪天在手術中也會碰到那種時刻吧！世良在心中確信著。

就像當時，回過神來才發現自己成功使出挑球那樣，纏繞在手指的線也在不知不覺中繫在白袍的鈕釦上了。世良身上的白袍，開滿了用縫線打結出來的花。醫院的護士們不小心掉在哪的絲線，全都成了世良的寶貝。

垣谷開口說道。

「不要因為被誇獎就鬆懈了，雖然在一年級裡面你是最厲害的，但做為佐伯外科的一員來說，你還有得學了。」

「知道。」

世良點了個頭。垣谷開口喊了牽開器，世良便從花房的手中接過銀色的金屬器械，擴大了腹部的手術傷口。

世良將身體遠離術野，只剩手留在裡面勉勉強強地幫忙著手術。術野的部分是完全被遮起來的，手裡又拿著冰冷的金屬板鐽，令他感到有些煩躁。再加上昨天也工作到很晚的關係，他開始覺得想睡。

「拉勾的，好好拉啊！」第一助手關川說道。

世良驚了一下，用力抓緊手中的板鐽。

「啊！」

一聲低呼，垣谷的眼神立刻掃了過來。現場沉默了幾秒後，關川開口了。

「好像不太妙耶。」

垣谷瞄了世良一眼，小聲地對關川說道。

「脾臟那邊。」

垣谷移開世良的板鐽，術野立刻變得十分遙遠。遞手術器械的花房左顧右盼著。垣谷抬起牽開器的銀柄，仔細觀察患者的腹部深處。

「靜脈端好像出血了，可惡，脂肪太多了，止血鉗。」

他不斷叫著止血鉗，器械也不斷往患者的腹部集中，宛如盛開的非洲菊花瓣，散亂地排列著。關川用單手支撐著那些止血鉗。

垣谷青著臉抬起頭來。

「不行，血止不住。」關川說道。

「脾臟都這樣了，看來只能改成全胃切除手術了吧？」

垣谷的眼神恍惚著。

「理論上是這樣沒錯，但病患體內都是脂肪，也很難做食道胃吻合手術。」

世良顫抖著聆聽他們的對話，沒想到自己的失誤竟會造成如此嚴重的後果。

他陷入了不安，同時也感到憤怒，離手術區這麼遠的自己竟然引發了這種結果，實在令人難以接受。
一直保持沉默的兩名指導醫生，看著世良一臉不知所措的樣子，顯得更加沉重了。
「全胃切除是最終手段，在那之前還有其他辦法。」
一直將注意力集中在術野的垣谷抬起頭，對護士說道。
「狀況十分危急，趕快去叫渡海醫生！他應該在外科休息室。」
流動護士立刻跑出手術房。

前途宛如一片灰暗的眾人，在似乎歷經了很長一段時間後，渡海才邊打呵欠邊走進了手術房。抬頭一看，手術房牆壁上掛的時鐘不過才過了一分鐘。
「真是的，明明是不用動手術的日子，不能讓我好好睡上一覺嗎？」
渡海一面抱怨一面站上踏腳凳，站在高處的他，視線越過主刀醫師垣谷的肩膀，仔細觀察著術野。
「啊啊——脾臟靜脈搞砸了啊！這樣下去都要變成 Total（全胃切除）了，怎麼搞的啊垣谷？」
「都是世良沒有好好拉勾害的。」關川縮了縮脖子，開口回答。
果然是這樣。世良在心中感到絕望，突然覺得自己周遭宛如被橡膠般的薄膜包圍著。但那層膜馬上被渡海尖銳的話語刺破。

「你是說是第二助手一年級的錯嗎？必須要負責的人是決定拉勾前端位置的第一助手你吧！」

關川瞄了一下世良，雙手一攤。

「出血量呢？」渡海轉向麻醉醫師詢問。

「大約五百。」

「垣谷，在脾門[14]那邊加壓止血等著我。」渡海立刻說道。

渡海咬牙忍了一個呵欠，搖搖晃晃地走出手術房。

手術房門關上，但不用多久又再度開啟。身穿藍色手術服的渡海回來了。

——好快！

世良感到吃驚。這麼短的時間就刷完手了嗎？還是他根本完全沒刷手啊？他偷偷在心中懷疑著。

垣谷往後退開，默默地讓出主刀醫師的位置。渡海一邊往術野動作，一邊向護士下了指示。先是止血鉗，接著是手術刀。他揮動手術刀，那道光才剛消失在病患體內，下個瞬間脂肪塊就飛了出來。

14　脾臟一側有個凹陷處稱為「脾門」，是血管及神經進出脾臟的出入口。

「什、什麼？」

渡海輕輕地笑了，接著他抓住還呆呆愣著的關川的手。

「聽好了，手抓住後面這裡，不准動。」

此時此刻，世良也終於明白手術區裡發生了什麼事。

渡海在脾臟背面深深開了一刀，原本隱藏在身體深處的脾臟便無比清晰地坦露出來。從解剖學的角度看來，這是非常簡單的手法；但就手術而言，這比單純切除胰臟更容易發生感染，一般醫生是不會採取這種手法的，必須要勇敢且果斷的人才有辦法做出這種判斷。

再說，不過是為了止血，竟然採取這種可能讓胰臟尾端因此脫落的高風險行為，實在有違外科的常識。能夠立即且淡然地踏入這種危險領域的渡海，已經無法只用「勇敢」這種常見的詞形容了。

也許大家會把這種行為稱為「魯莽之勇」。

因血液循環不良而變成暗紫色的脾臟在渡海的手中滑溜溜地喘息著，渡海伸出右手食指往脾臟的根部滑動，接著低聲說道。

「這裡嗎？」

渡海抓住垣谷的手腕。

「維持這個動作，不要動。」

他讓垣谷的右手代替自己的左手。

「止血鉗。」他仔細地確認了止血鉗夾住的位置，補充說道。

咦？負責遞器械的花房露出了不解的表情。下個瞬間，渡海就自己伸手，從器械臺上拿起持針器。

「喀嚓。」

「喀嚓就是這個，有附針的 Vicryl 縫線，小美和。」

花房的身子震了一下。渡海將針穿過軟組織，手指頭輕輕一閃，指尖的藍線便脫離了針身。因為要先拉長線再剪斷，所以才叫「喀嚓」嗎？世良喃喃自語著。

渡海從垣谷手中搶回脾臟，跟稍早將脾臟拖出來時不同，現在是小心且謹慎地將它放回原本的位置。眾人看著脾臟消失在視野後，渡海說道。

「止血結束，就這樣繼續進行部分切除術吧！」

手術區裡的眾人同時鬆了一口氣。

渡海從手術區消失後，場內殘留著一股倦怠感。那股倦怠感一直留在現場所有人的內心深處，就像已經沒有味道的口香糖，一直留在嘴巴卻找不到出口的感覺。

胃的幽門被摘除後，流動人員北島便將之送往病理檢查室。被命令換位置的世良也移動到視野較好的地方。但他的工作並沒有因此產生變化，剛才世良是拿著板鐽按壓著肝臟，現在則是為了讓胃和十二指腸在縫合時不要移動，改換拿止血鉗按壓那邊。

手術區裡的氣氛十分凝重。垣谷和關川不發一語地縫合胃與十二指腸的切口。關川用止血鉗夾住還沒打結的線的兩端，世良則拚命忍住、小心不再讓手震動。

他探頭一看，暗紅色的脾臟正微微律動著。離手術視野這麼遠的自己，只是稍微施了點力，只是那樣而已，脾臟和胃就差點都要被切除了。一想到這裡，世良便覺得坐立難安。

垣谷喊道：「開始縫合。」

他將縫合胃的切口與十二指腸切口之間的十二組線一一打結，讓胃與十二指腸漸漸合在一起。終於在他打完最後一個結後，垣谷說道。

「接下來是腹腔的切口縫合，世良，今天你來試試看。」

花房纖細的手向世良遞出閃耀著銀光的持針器。世良身體一震，他挺起胸來接過持針器。在關川邊罵邊剪斷自己打的結不知道幾次後，世良結束腹腔縫合時已經是三十分鐘之後的事了。

不是縫合的線歪七扭八，就是線的間隔不平均，每次被罵完，他的線就會被剪斷而必須重新來過。大概每縫五針就有一針得重來吧！縫到最後一針時，確認關川並沒有再開口罵自己的世良，才終於鬆了一口氣。

世良將身體往前傾，注視著病患的傷口。這時背後突然傳來啪啪啪的掌聲，回頭一看，渡海一臉無聊地站在那裡。

「真是厲害啊世良小弟，不過才成為外科醫師兩個月吧！」

渡海看向關川。

「佐伯外科的指導還是老樣子，真是小家子氣啊！難怪無法栽培出優秀的人才。」

雖然無法確定，但關川似乎露出了十分厭惡的表情。畢竟臉上有七成都被藍色的口罩蓋住了。

「從平庸的外科醫師身上，也只能學到連平庸都稱不上的技巧了吧！」渡海繼續說道。

「那你說說看要怎麼教啊？」關川反駁道。

對於一向遵從上級命令的關川來說，這已經是鮮有的過度反應了，看樣子他相當生氣。但渡海只是盯著世良說。

「這種問題我直接指導世良給你看比較快，不過，就算可以把馬牽到喝水的地方，但馬不願意喝水也沒有用，所以也要世良小弟願意接受我的指導，我才有辦法教給你看囉！」渡海看著世良，輕輕地笑道：「怎麼樣啊世良小弟？要不要讓我指導看看？」

渡海的功夫是所有外科醫生巴不得到達的領域，彷彿散發著妖豔的魅力。不過，以世良現在的實力，究竟有沒有辦法趕上渡海剛才所展現的光芒呢？他捫心自問，答案當然是不可能。

渡海拍了幾下世良的肩膀。

「別猶豫，少年。佐伯外科的得意門生——我這個渡海醫生可是好幾年沒有直接指導一年級的實習醫生了。想都不用想，直接笑著接受吧！」

他轉向垣谷說道。

「剛剛止血的部分就算你欠我的，但我想讓你快點還我呢！明天的部分胃切除手術，主刀醫師就讓給我吧！」

站在手術區外旁觀腹腔縫合的垣谷露出苦澀的表情，但也不得不接受渡海的提議。

「世良小弟，真是太好了耶，你又能跟手術了。我要指名關川醫生跟世良醫生當我的助手。」

抛下這句話後，渡海離開手術房。

照料好病人後，關川和流動人員北島先行回到醫院大樓。他們一離去，垣谷便向世良說道。

「你現在知道拉勾的重要與恐怖了嗎？」

世良點了個頭。垣谷再度叮嚀。

「再怎麼微不足道的小事都得好好做，因為我們的工作不論何時、無論何處，都與人的性命息息相關。」
世良挺直了背，對著正要離去的垣谷背影喊道。
「那個，後天的手術，我該怎麼做才好？」
「不是跟今天一樣當第二助手嗎？只是主刀醫師換了而已，其他都一樣。」
垣谷緩慢地回頭。
「不過，如果你要我說什麼的話，我只能說，一定要老實服從渡海醫生的指令。」
垣谷盯著世良看了一下，大步地跨出步伐，離開第一手術房。
世良向正在收拾手術器械的花房搭話。
「這是妳第一次遞器械吧？」
花房看著世良，點了個頭，瞇起隱在口罩裡細長的眼睛。花房露出微笑。
「真是厲害！完全看不出來是第一次呢！妳的動作十分流暢。」
「但是我沒有跟上渡海醫生的指令。」花房搖了搖頭，小聲地說。
世良低下頭說道。
「那也沒辦法，畢竟『喀嚓』不是正式用語嘛！我覺得妳真的很厲害喔！相較之下，我的表現還真丟臉。」
「才沒有那回事！」花房想都沒想就肯定地說道。

世良抬起頭來看著花房，花房立刻又慌張地將視線移回器械臺上，動手擦拭起反射著銀色光芒的剪刀和止血鉗。

世良默默地離開手術房。

回到護理站後，在那裡的一年級生只有小貓兩三隻，也沒有看到渡海的身影。話說回來，世良現在才想起，自己從來沒有在護理站看過渡海，就連看到他陪同教授回診的次數也寥寥可數。

「請問渡海醫生平常都在哪裡呢？」世良向提早回到醫院大樓的關川問道。

關川的目光突然混濁起來，他冷冷地笑道。

「世良還真會做人，先是拍帝華大學的菁英馬屁，現在又要去諂媚手術室的惡魔，之後是不是連靈魂都要出賣了？」

世良裝作聽不出關川話中藏有什麼惡意，他誠懇地望著關川，再度詢問。

「請問渡海醫生這個時間會在哪裡呢？」

關川忍不住脫口而出。

「你不知道嗎？渡海醫生上班時間都待在手術室裡的外科休息室打混，那個人簡直就像被關在手術室的老囚犯。」

關川一臉諷刺地補充。

「不過，他只有上班時間才會待在那個房間，下班時間一到就會從醫院消失了。如果你今天想找他，動作最好快一點。」

世良看向牆上的掛鐘，下午四點五十分。下班時間是下午五點十五分，在外科想準時下班根本就是不可能的任務。雖然他是這樣想的，但聽完關川的話，世良立刻從椅子上跳起，飛奔離開護理站了。

關川對著他的背影喊道。

「拉勾這種小事，拜託你好好做啊！畢竟你可是資優生世良小弟啊！」

其他實習醫生立刻將視線集中在世良的背影上，世良不多理會關川的挑釁與黏人的視線，將護理站遠遠拋在後頭。

世良進到手術中心。

回想當初，他還覺得手術室是神聖的場所，一定會畢恭畢敬地換好手術衣才進來。但待了兩個月比較清楚這裡的狀況後，他也敢直接披著臨時進入用的白袍踏入手術室了。

世良毫不猶豫地直接前往手術中心的外科休息室。

走廊最深處，有扇灰色的門。他敲了敲門沒有回應，他再度敲門，還是沒有回應，於是他戰戰兢兢地將門打開。

電吉他的重低音從房內傳出，刺耳的和弦不斷重複著，往世良周遭的空間席捲而來，再往門外流出。

「快點關上！」

銳利的眼神瞪向世良，讓他趕緊將背後的門帶上。

渡海穿著一件夾克，給人一種清爽的感覺。他站在鏡子前，一邊哼著歌，一邊刮著鬍子，斜著眼看向世良。

「怎麼啦世良小弟？有什麼事嗎？」

「我想請教您，後天的病患有什麼需要注意的事嗎？」世良用不輸給重低音的音量大聲喊道。

渡海刮下最後一刀，在臉頰抹上乳液再輕拍幾下，留下潔爽的清香。

「什麼嘛！垣谷還是關川難道沒跟你說嗎？」

「說什麼？」

「渡海醫生的病患處理守則。」

「那是什麼？」

渡海轉過身去看著世良，並乾脆地切掉震耳欲聾的搖滾樂。房內陷入一片寂靜。音樂一消失後，世良才注意到房內有一面牆塞滿了醫療用書。

一片沉默中，渡海壓低聲音說道。

「如果你以為問什麼我都會回答的話，那就大錯特錯了，小子。」

渡海搖了搖頭。

「只有三流醫生才會什麼事都要一個一個教。」

「但是，後天的病患……」

渡海舉起一隻手，制止世良繼續說下去，他指了指天花板。廣播器傳出耳熟的音樂片段，那是下班時間才會播放的古典音樂。

「時間到，不好意思我還有約，如果你還有事要問的話就跟我走吧！到那邊我才要聽你說。」渡海壞壞地笑道。

世良的腦中立刻閃過堆積如山的病歷與未完成的醫囑，但下個瞬間，他毫不猶豫地點了個頭。

渡海瞪大了眼睛，接著他露出微笑從世良身邊走過。經過世良身旁時，他大力地拍了一下世良的肩膀。世良粗魯地脫下白袍，追趕在渡海身後。

只要突破擋在自己前方這面名為渡海的牆，就能撼動前方的球網了。能夠射門的機會稍縱即逝，飛毛腿後衛的本能如此告訴他。

「蓮葉路上的『香格里拉』。」

他們一坐進停在醫院門口迎賓道等待的計程車內，渡海便往司機那扔了一張計程車券。計程車發動，從後照鏡可以看到東城大學醫學部雄偉的赤煉瓦棟漸漸被拋在後頭。

當車窗外的街燈多了起來後，世良看向身旁將雙手交叉抱於胸前的渡海，開口問道。

「請問，我們要去哪裡？」

「剛剛不是說了『香格里拉』嗎？」渡海不耐煩地回答。

那是什麼店？彷彿看穿他內心的疑問，渡海補充說道。

「去了你就知道了。」

車子從大學醫院的小丘往下開，花了五分鐘才抵達蓮葉路的入口。

蓮葉路是典型的地方都市鬧區，世良還是學生的時候也經常過來這裡。他想起那些熟悉的店，感到十分懷念。但這裡的店鱗次櫛比，世良不曉得的店也挺多的。

夜色蒼茫之下，陳舊的霓虹燈映照在車窗上。原本回想起的工作，也漸漸從世良腦中淡去。世良的體內隨著夏日的黃昏，輕飄飄地躁動起來。

計程車終於停下了。

一走出車外，夏日傍晚的空氣便往世良的身體襲來。已經很久沒感受到傍晚的市區氣息了。他忍不住觀察路過的年輕女性，她們從短袖襯衫露出的雪白胳膊，還有短裙下那雙筆直的腿。

本應被繁重公務壓得喘不過氣的年輕肉體也在那瞬間復活。整天在醫院與宿舍間往返的他幾乎沒有假日可言，世良突然想起自己不再跟前女友祐子聯絡，也已經是好久以前的事了。

他們走下陰暗的樓梯，打開位於地下室的門。世良在輝煌燈光的沐浴之下感到不知所措。與入口處的明亮相差甚遠，從店內深處陰暗的一角，傳來嬌滴滴的招呼。

「真是好久不見了。」

微暗的光線中，浮現出一名女性的側臉，她微微地露出笑容。

「精煉製藥的新銷售員真是個石頭，突然就宣告禁止出入『香格里拉』，沒辦法，我只好把抗生劑全都換掉了。」渡海向她說道。

「哎呀，小高橋好可憐啊，明明對渡海醫生這麼盡心盡力。」

「是他交代不夠清楚，根本自作自受。現在才急急忙忙地裝可憐，來不及囉！」渡海一邊將脫下的夾克遞去，一邊說道。

那名女性勾上渡海的手腕，說道。

「這個人跟壁蝨還真像呢！這麼沒用，馬上就會被取代了。」

「那以壁蝨為生的妳，又是什麼呢？」

「我是專吃壁蝨的、可愛的 ladybird。」

「ladybird 啊！那想必、一定是既可愛又凶猛的小鳥吧？」

「笨蛋，我說的是瓢蟲啦！」女人嬌豔地笑道。

「這名字還真是刁鑽。話說，如果妳是瓢蟲的話，那妳也會跳森巴舞[15]囉？」

「哎呀！連這麼老的歌你都知道。」

站在一旁聽著他們對話的世良，總算習慣了地下室裡的耀眼光輝。

他重新打量著那名女性，超過三十歲了嗎？她老練的回答讓人感覺有點年紀了，但外表看起來卻比想像中年輕許多。

「老位置嗎？」女性開口問道。

渡海點了點頭。

在這名女性的帶領之下，渡海與世良消失在店內深處的黑暗中。

世良坐在渡海對面，顯得十分不自在。渡海坐在包廂最裡面的位置，他把魷魚絲放在嘴裡，用手上下拉扯著。兩人面前擺放著裝滿琥珀色液體的酒杯。酒杯裡的冰塊發出清脆的喀噹聲。

渡海用低沉的眼神直盯著世良。

「第一次來這種店？」

世良搖搖頭。以前也曾被畢業的足球社學長帶來過，但那時候是一大群人喝得醉醺醺的。

15 日本七〇年代著名的結婚典禮曲目——《てんとう虫のサンバ》（瓢蟲森巴）。

「有沒有想吃的東西？」渡海問道。

經他一問，世良才想起自己今天跳過午餐沒吃。突然覺得十分飢餓的世良誠惶誠恐地開口。

「那——我要炒烏龍麵。」

渡海目不轉睛地盯著世良，下一秒，他放聲大笑。周圍的吵雜瞬間安靜下來，全世界彷彿只剩下渡海的笑聲。

渡海扶著沙發，向後轉頭叫道。

「喂，美香妹妹，給這小子來一盤美味的炒烏龍，拜託啦！」

接著他再度露出非常開心的笑容，一口氣喝乾手上那杯麥卡倫。

美香笑咪咪地看著世良默默地吃著大碗炒烏龍的樣子。

「好吃嗎？」

世良抬起頭，看著美香默默地點了個頭。

渡海透過琥珀色的玻璃杯看著美香。

「美香妹妹，我們家世良合妳胃口嗎？」

「嗯，非常。」美香微笑著回答。

世良瞬間被自己口中的烏龍麵噎到了。

「世良小弟，小心點啊！瓢蟲雖然可愛，卻是肉食性的喔！」

世良抬起頭，突然看見一名穿著西裝，看起來十分正經的上班族男子站在旁邊。

「美香妹妹，給妳介紹一下，這位是山楂藥品的木下先生，我的新錢包。」渡海看著那名男性說道。男人點頭示意。

美香嬌媚地笑道。

「您好，初次見面。能受到渡海醫生的關照真不錯呢！雖然我應該要這樣說，不過，好像也應該要同情你一下，畢竟跟渡海醫生扯上關係也算是場災難。」

木下先生不動聲色地再次打了聲招呼。

「先坐下來吧！」渡海用眼神示意美香，對木下說道。

木下坐在最旁邊的位置。美香幫渡海的香菸點火後，在他耳邊悄聲細語。渡海點了個頭後，她便行禮離開。

渡海吐了一口紫色的煙，對木下說道。

「這禮拜進來的病患就會換成山楂的藥了。」

「非常謝謝您。」

木下敬了個禮。渡海轉向世良說道。

「後天的病患，預防性抗生劑要選用山楂的，醫囑再麻煩了，」

「可是病患的醫囑是指導醫生關川醫生來決定的。」

渡海舉起一隻手制止世良繼續說下去。

「關川那邊跟他說是我說的就好了。」

世良偷偷瞄了一下木下，木下依舊面色不改。

玻璃杯中的冰塊發出喀噹一聲。

「『Snipe』那邊有什麼進展嗎？」渡海說道。

木下面不改色地從公事包取出一疊紙，其中有用迴紋針夾住的印刷文件，也有印刷後做成的小冊子，林林總總。

「這些資料的安全管理意外嚴格，能拿到的只有這些而已。」

渡海快速地翻著那些紙張，手停在其中一張紙上。他快速地移動視線，讀完整篇文章。接著，他將那疊紙扔往桌上。

「看來這位菁英不只是個吹牛大王，行動力也不是蓋的呢！本來想說他使用的是還沒拿到執照的器材，應該滿好下手的，沒想到連這點都被他料到了。」

木下輕輕地點了個頭。

「醫療器材的測試申請的確無懈可擊。」

「不愧是天下第一帝華大學的學生，背後似乎也有厚生省這個靠山給他撐著呢！」

「畢竟帝華大學是著名的官僚培育大學。」木下神色自若地說道。

「我只在這邊跟你說，高階講師在帝華大學似乎被稱作『阿修羅』。」

「原來如此，阿修羅對惡魔啊！簡直像死後世界的東西方代表之戰了！」

渡海將自己埋進沙發裡，打量著眼前的文件，開口說道。

「……說到這個，這個機器從構造上看來，可是相當容易引起 Leakage 的，你試著往那邊挑毛病吧？」

「話是這樣說……」

木下剛說完，渡海便抬起臉。

「怎樣？」

「厚生省的機密資料中附了一篇客觀數據。上面表示使用『Snipe AZI 1988』後，產生 Leakage 的機率比一般手術還要低。」

「你傻啦！那種數據根本違背了解剖學的常識，一定是哪裡搞錯了，不然就是隨便糊弄過去的，那種構造會讓手術傷口惡化才對。」

「我也是這麼想的，但在我向負責的人提出質疑時，他們卻跟我說有另外一篇科學數據顯示，縫合部位的血液循環與 Leakage 之間並沒有直接關係。」

「怎麼會有這麼離譜的事！」渡海重重地將玻璃杯放在桌上，開口罵道。

他的聲音大到其他客人都噤聲不語，店內瞬間一片寂靜。美香慌張地趕了過來。

「渡海醫生，請你冷靜一點。」美香望向木下與世良，小聲地嘟囔著。

「今晚還真反常啊……」木下仰視著渡海，淡淡地說道。

「據說這些數據來自於高階醫生本人的論文，我另外附上了。這篇論文是前年年底刊載在手術雜誌上的快報。是他在馬薩諸塞大學留學時，與當時的主任教授聯名投稿的。」

渡海打量著那堆文件，最後將眼神停在一本小冊子上。世良心不在焉地望著渡海的眼球左右來回移動的樣子。渡海拿起論文往木下丟去，瞥了一眼空空的酒杯，嘟囔一句。

「無聊死了，回家。」

渡海起身離開。世良來回看著木下、美香，以及渡海的背影，接著急忙追向渡海的背影。

渡海走出店外。跟在後頭追過來的世良一跨出店外，外頭微溫的氣息便迎面撲來。世良小跑步著，好不容易才追上渡海快步行走的背影。

「那個，我們還沒付錢。」

「那部分山楂會處理。」渡海抬起下巴看著世良，嘲笑道。

「這樣不是敲詐嗎？」世良抗議著。

「相對的，我也會採用那傢伙公司的藥，互相幫助而已。」

「那就是賄賂了。」

「世良小弟還真是不食人間煙火啊！你之前不也在國家考試合格的宴會上大吃大喝了嗎？」渡海看著世良說道。

「那是醫院辦的聚會。」

「但錢一樣是從那裡來的。那場宴會之後，我們醫院就幾乎都用精煉製藥的Seiren了。你應該也在醫囑上寫過那家的藥吧？扯平！」

世良呆呆地愣住了。他確實在那之後聽從了指導醫生的指示，不斷地使用精煉家的預防性抗生素。世良現在才明白，原來自己早就在不知不覺中踏入這種世界了。

渡海看著世良，輕浮地說道。

「不用想太多，光會做些漂亮事，是沒辦法拯救病患的。我們只要能夠幫助病患，做什麼都會被允許的，外科醫生就是這種霸道的流氓工作。那些頭孢菌素的通用藥，不管用哪間都差不多，所以你就放心給他們請吧！這可是世良小弟正當的工作報酬喔！」

世良不知道該怎麼反駁渡海。

「我要再去別的地方喝一杯，世良小弟呢？」渡海搭上計程車，向世良問道。

我要回家。世良話一說完，渡海也乾脆地回答。

「隨你便囉！」

接著他像改變主意似的，盯著世良的臉說道。

「對了，我們約好了嘛！今後的計畫我都會跟你說的。明天下午一點要術前告知，記得準備一下。」

世良點了個頭。渡海繼續說道。

「再跟你說一件事，高階前幾天不是小題大作地告知患者罹癌嗎？那種事根本沒什麼，我從進醫院那天起就都直接告知病患罹癌了。但我的做法跟高階完全不一樣，明天好好看我是怎麼做的。」

隨著排氣管的煙漸漸消散，渡海搭乘的那輛計程車也漸漸消失在世良的視野中。世良突然覺得耳邊響起了一道嬌媚聲。華麗的花花世界與渡海陰沉的眼神，突然被這兩種極端同時拋下的世良，獨自站在黑夜之下。

隔天，七月十九日星期二，下午一點。世良和三名學生在護理站等待著渡海。身材較高大的速水已從其他實習醫生那學到如何打結，他以精湛的手法打了漂亮的結，讓自己的白袍上也開始出現牡丹花結。

世良看著他的樣子，突然有種感覺，這傢伙應該是能輕鬆跨越人生各種難關的人。

渡海慢悠悠地走進來，手上抱著厚厚一疊文件。世良和其他三名學生見狀立刻起身。渡海瞄了一眼世良，伸出手掌阻止他們行禮。

「世良小弟，我今天得一直這樣被包圍嗎？」

「我是想說，務必要讓學生們看看渡海醫生如何術前告知。」

「你是不是誤解了我昨天的話？要是毀了前途一片光明的學生們，我可不管喔！」渡海笑道。

世良頓時猶豫了一下，他看著那些學生的臉，在心中思考了片刻。這些傢伙總有一天也會踏進這個世界，既然如此，讓他們早點面對現實比較好。對世良來說，渡海就是壓倒性的現實。

羅患胃癌的小山兼人是一位已經七十歲卻老當益壯的爺爺。世良非常喜歡他豪爽的笑容。雖然已是晚期胃癌，但從術前CT看來，並沒有發現癌細胞轉移，手術評估會議也因此做出切除腫瘤就能達到根治目的的結論。

渡海、世良以及其他三位學生進到房內時，小山先生與其太太已經在裡頭等待了。

「哎呀！突然聽到主治醫生換人，我跟太太都嚇了一跳啊！明天就要動手術了，自己卻還沒見過要幫自己動手術的醫生，實在是很不安啊！」

小山先生中氣十足地說。渡海輕輕地笑了。

「醫院在暑假期間總會發生很多事。」

小山先生的表情黯淡下來。主治醫生更換竟然只是因為暑假的關係，這種說法實在讓患者難以接受。說起來，知道背後理由其實更加糟糕的人也只有渡海跟世良。

「我想您應該還沒從垣谷醫生聽說才對，我今天過來，是打算跟您報告一件很重要的事。」

「哦，很重要的事，是什麼事情呢？」

小山先生轉頭問了在旁照顧自己的太太。太太露出溫和的微笑，拿起手中的咖啡往嘴邊遞去。

「小山先生得的是胃癌。」渡海輕聲細語地說道。

小山先生的笑容瞬間凍結在臉上，太太手中的馬克杯也掉落在地，發出清脆的金屬聲。下一秒，小山先生大聲地反駁。

「胡、胡說！我得的是胃潰瘍，垣谷醫生他跟我說……」

「那並不是真的，在這間醫院，醫生通常都會告訴癌症患者他們得的是潰瘍再動手術。」

渡海注視著小山先生，繼續說道。

「佐伯外科採取的方針是不告知病患罹癌。但只有我是例外，我會直接告訴病患事情的真相，就像現在這樣。」

小山先生瞬間換了一張表情，臉上不再是開朗的笑臉。他一臉嚴肅，說話也改回平常使用的大阪腔。

「也就是說，你們都在騙俺，是這樣沒錯吧！妳也早就知道啦？」

小山太太避開丈夫的視線，低下頭來。渡海立刻為她辯解。

「請不要責怪您太太，小山先生會得癌症並不是誰的錯。而且現在的醫療制度就是只會告知家屬患者罹癌，並不會直接對身為病患的小山先生您說明。」

「但身體是俺的，騙俺去動手術，豈有此理！」

渡海一本嚴肅地回答。

「您說得沒錯，但現實中就是這樣操作的，希望您別像個小孩子耍任性了。我也是以此為前提來向您告知真相的，但其他醫護人員只是遵從醫院的規定而已，請不要責怪他們。」

渡海繼續說道。

「其他醫生之所以說謊，不願意告訴患者罹癌，是因為他們認為癌症無藥可醫。」

小山先生顫抖著嘴脣說不出話來。渡海接著說。

「不過，我不這麼認為，我相信癌症是醫得好的。」

「真、真的嗎？」小山先生迫切地詢問，渡海自信滿滿地點了個頭。

「是真的，但要治好癌症是有條件的。」

「啥條件？」

「條件就是，手術必須將所有癌細胞都取出來，只要身體裡留有一個癌細胞就出局。」

「那俺的癌細胞有辦法都取出來嗎？」小山先生不安地詢問。

渡海微笑。

「不曉得，要試了才知道。」

「試了才知道？那不就跟賭博沒兩樣！醫生都這樣說了，咱們病人要怎麼辦？」

渡海靜靜承受著對方的怒吼。

「小山先生的理解力真不錯，就如您所說，手術跟賭博其實沒什麼兩樣。」

小山錯愕地看著渡海，渡海繼續說道。

「嚴格講起來，能夠替代醫學的字眼就只有賭博的勝率了。小山先生罹患的胃癌是第二等級，五年存活率為百分之六十。也就是說，在這場賭賽中，三個人裡面，有兩個人可以存活。」

突然被告知剩餘壽命的機率，小山先生只能目瞪口呆地看著渡海。

「聽完您說的話我就安心了，看來告知小山先生罹癌這個選擇是對的。」

小山先生舉起拳頭，卻不知道該揮向哪處，只好將頭低下。渡海繼續說道。

「看來小山先生非常能夠接受現實，相信接下來我要說明的手術風險，您應該也能明白。」

渡海將手中的文件攤在桌上。

「小山先生是糖尿病患者，這也是手術中的危險因子。糖尿病患者之所以危險，並不是因為血糖高的關係，而是因為血糖持續升高會引起血管受損，所以會比一般人更容易發生手術併發症。另外也有資料顯示，糖尿病病患會比較容易出現腎功能衰竭。」

突然像是老了好幾歲的小山先生一言不發，只是呆呆地看著渡海，不曉得到底有沒有將那些話聽進去。渡海淡淡地繼續說道。

「其中最大的問題就是，因為您本身患有其他疾病，吻合處產生癒合不良的機率也會因此提高。我準備的這些資料裡頭也有寫到，糖尿病患者出現 Leakage 的機率，也就是手術後引發癒合不良的機率，是一般人的五倍。」

「那個，也太……」一旁的妻子吞了口口水。

渡海繼續說道。

「除此之外，還有其他堆積如山的手術風險。比如說對麻醉藥過敏、無法從麻醉昏迷狀態清醒、因血管走向異常導致血管損傷，進而造成大量失血。或是開刀後才發現術前檢查沒發現到的、細微的癌細胞轉移，隨便一數，危險因子都超過一百個。這些資訊都記載在您手邊的資料，請務必仔細閱讀。」

「這麼危險的手術真的沒問題嗎？」小山先生快速地翻閱手邊的小冊子，小聲地詢問。

渡海露出微笑，但馬上又變回嚴肅的表情。他如此回答。

「有沒有問題誰都不知道，我能夠告訴小山先生的就只有這些真實數據。但是，不管風險再怎麼低的手術只要發生了，對那個人而言機率就是百分之百。換句話說，沒有完全安全的手術。」

渡海說的都是令人無法不同意的事實，他的話裡沒有謊言，也沒有敷衍。他光明正大地說出那些令人震驚的事實。儘管如此，不愉快的情緒卻不斷從心中湧上。為什麼會這樣世良也不清楚，他悄悄地為此感到不可思議。

小山先生透露出求助的眼神。

「那渡海醫生的手術表現、那個、也就是說，術後併發症的發生機率大概是多少呢？」

渡海笑咪咪地說。

「我擔任主刀醫師時出現 Leakage 的機率是零，是這間教學中心成績最好的。」

小山先生臉上的表情稍微緩和了一些，但渡海立刻接著說：「不過……」世良看向渡海。渡海的眼睛略帶一股凝重的光芒。

「……不過就如同我剛剛所說，儘管這個數字可以說是奇蹟般的成績，但也有可能明天的手術發生不幸，小山先生就會打破我這項零 Leakage 的紀錄。那是只有神才知道的領域。」

小山先生的神情忽喜忽悲，五味雜陳。術前告知至此打上休止符，渡海冷冷地拋下一句。

「明天，我會如往常般進行手術，但我無法向您保證結果。如果您覺得沒問題的話，請在手術同意書上蓋章並交到護理站。」

渡海遞出的手術同意書，彷彿螢光般微微發亮著。

回到護理站後，一群人陷入沉默。許久，學生田口才小聲地抱怨起來。

「剛才的說明根本沒有顧到病患的感受。」

「看來你有機會成為優秀的內科醫師。」渡海看著田口點頭回答。

「我倒不這麼想，渡海醫生說的都是事實。先不論到底該不該告知病患罹癌，後半段的處理我覺得沒問題。」在旁的速水一邊練習著打結一邊說道。

「是這樣嗎？事前最好再多想一點比較好吧？」島津突然插入田口與速水的討論中。

「這不是在感情用事喔！如果要說到那種程度的話，那癌症分級、還有受癌細胞轉移影響的五年存活率其實也會因設備而改變，這些也要明確告知患者才算是提供正確資訊吧。所以要我選的話，我站在田口那邊。」

話一說完，島津便站到了田口身邊。渡海瞇起雙眼。

「今年的學生真是認真又優秀啊！光這五天就可以超越迷糊的世良小弟了。」

「我認為，最大的問題就像田口同學說的，渡海醫生完全沒有考慮患者的感受。」被激到的世良反駁道。

渡海輕輕地閉起雙眼，兩手交叉於胸前。

「事情演變到這種地步，我就跟你們說實話吧！不過，要是你們沒說到這個份上，我也不會告訴你們真話。這證明你們、還有世良醫生都很優秀。」

渡海睜開雙眼，語調一變，粗暴地說道。

「如果你們以為我是在稱讚你們，那就大錯特錯了。你們確實很優秀，但這種浮而不實的優秀在手術現場一點用都沒有。世良醫生平常說得頭頭是道，但他在到處噴血的手術現場又能幹麼？只能站著發抖而已。在成為優秀的人之前，先努力成為有用的男人吧！被說優秀就歡天喜地的人，有那些半吊子的官員，和在他們周圍打轉的礙眼人物就夠了。真的想成為外科醫生的話，還有很多該做的事。」

速水的眼睛微微發亮著。田口則是反駁道。

「但像剛才那種說明方式，患者很可能因為不安而說出不願意動手術。要是真的發生這種事該怎麼辦？」

「那也只能中止手術。」渡海立刻回答，並乘勝追擊對著目瞪口呆的田口繼續說道，「術前告知不是為了患者做的，而是為了要保護外科醫生自己。病患跟家屬都無憂無慮，覺得全世界都繞著自己轉，所以一有什麼不滿意，馬上就開始責怪醫生。莫名其妙就變成出氣筒，這種事情我絕對不幹。」

田口顫抖著嘴唇，想要說些什麼來反駁，卻無法對伶牙俐齒的渡海所主張的自私理論做出任何回應，只能靜靜地站在原地。

渡海來回看著速水跟世良，繼續說道。

「術前告知是為了不讓病患跟家屬事後囉哩囉嗦的，才會將事實擺在他們面前，讓他們自己能有所覺悟的試金石。不願意跨出那一步的人，沒資格接受手術。因為要接受手術的人不是我，是患者自己。」

渡海將視線移回田口身上，高傲地說道。

「醫生不是義工，是治療疾病的專家。想撒嬌討安慰的話，去找心理治療師吧！那不是外科醫生的工作。」

渡海一說完，一旁的速水就點了個頭。他旁邊的田口顫抖著嘴脣，好不容易才擠出一句話。

「儘管如此，就算真的像您說的那樣，我還是想聽聽病患的心情。」

渡海從鼻子裡發出冷笑。

「隨你便，世界或許也需要你這種愛管閒事的醫生。」

「那個……」小聲的呼喚聲傳來，他們一起回頭。

小山先生的夫人拿著一張紙，站在那裡。

「那個，我先生請我過來說一聲，務必要請渡海醫師幫他動手術。」

她遞出手術同意書，上面蓋著鮮紅的朱印。

第六章　擊潰　七月

七月二十日星期三，上午八點。世良帶著三名學生進到手術室。在醫院大樓目送完小山先生，他們便直接前往手術中心準備後續。小山先生的身子看起來瘦了一圈。世良一邊對他搭話，一邊推著病床往手術室前進。

「開刀的時候就跟睡著了一樣，請放心。」

小山先生不發一語抿起了嘴脣，緊緊閉上眼睛。

把小山先生交給麻醉醫師後，世良向流動人員北島拜託了一些事，之後便領著學生們到刷手區。

「按照我前天教你們的方式刷手吧！」

三名學生按照自己的方式開始刷手，世良在一旁側眼觀察著。他心想，最快的應該會是速水、再來是島津，最後才是田口。結果就如他所猜測的一樣。

學生們換上還穿不習慣的手術服，一看就知道是新人。世良在隊伍最前方領著他們，突然覺得自己很像花嘴鴨媽媽帶著一群小鴨子。

手術房裡，小山先生已經進入麻醉狀態，失去意識了。經由外部連接到口中的氣管送來的氧氣，讓他的胸口規律地上下起伏著。

世良向學生三人下了指示。

「你們三個站到牆壁那邊看就好，注意不要妨礙到其他人。」

是的、喔。三人各自用不同的話回答。雖然回答得不整齊，卻是一群坦率的孩子。

第一助手關川走進手術房。他瞄了世良一眼，向遞手術器械的護士喊道「優碘」。世良趕緊也下了同樣的指示，兩人一起進行術野的消毒。許久，關川開口說道。

「要用山楂的藥？」

世良點了個頭。因為戴著手術帽和口罩的關係，只看得見他的眼睛。

「渡海醫生的指示？」

世良沒有回答，關川再度發問：「精煉製藥的不行嗎？」

世良點了個頭。關川發出嘖的一聲。

「我拜託了精煉製藥的銷售員準備集體會議發表用的幻燈片，卻突然被他拒絕，原來是這個原因，你要怎麼補償我？」

世良聳了個肩，無法回答。

又不是我害的，他小聲地說。

關川一臉無可奈何地說：「沒辦法了，只好改拜託山楂了。」

手術房門開啟，渡海慢悠悠地走了進來。

牆上掛鐘的指針指向九點，正是手術開始的預定時間。

「胃幽門部分切除術開始。手術刀。」

在渡海宣布手術開始的同時，他手中的手術刀也劃了下去。他的動作比起之前擔任高階講師的第一助手時還要放慢許多。渡海觀察著關川的止血手法，見他慢吞吞地用止血鉗夾住皮膚切開面上的出血點時，渡海忍不住嘖了一聲。

「喂──關川啊！你這樣做下去都要天黑了，還是你要我請一年級的王牌世良來代替你？」

關川抬起頭來，瞪了世良一眼。第二助手的世良縮了一下身子。

渡海壞壞地笑了起來。

「開玩笑的啦！但在我想開玩笑之前，你是不是也要稍微讓我看看你『認真』的樣子啊？」

關川神情一變，宛如換了齒輪似的，提高了打結的速度。

「想做還是做得到的嘛！」渡海譏笑道。

關川面無喜色，默默地拿著止血鉗繼續止血。

胃部分切除手術平淡地進行著。託小山先生體內脂肪不多的福，讓大家都能將渡海的手術看得一清二楚。宛如從教科書上直接照抄般，渡海忠實地按照順序進行了大胃繫膜切除與胰十二指腸切除術。

可以清楚看到胃左動脈裸露後，世良吐了一口氣。

在胃部分切除術中，胃左動脈的離斷與縫合是最重要的步驟。胃左動脈是從腹腔動脈直接分支出來的，而腹腔動脈又直接連接著大動脈，一旦縫合打結不確實，便會引起大量出血，甚至造成病患死亡。因此，胃左動脈的打結可以說是主刀醫師進行胃部分切除手術時最重要的任務。能夠被委任胃左動脈的打結，等同主刀醫師的身分受到認可，也代表自己從外科新人畢業了。

渡海用止血鉗固定住胃左動脈，再用剪刀進行分離。他小聲喊道「縫合線」，接著突然想到什麼似的，把剛才接過來的縫合線交回給遞器械的護士。

世良一臉訝異地看著渡海，渡海對他使了個意味深長的眼色。

「世良小弟，給你一個機會吧！試試看胃左動脈的縫合。」

世良抬起頭，正好對上關川一臉驚訝且充滿敵意的目光。除此之外，三位學生也將目光投射過來。

不可能。世良欲言又止，同時眼裡也映著渡海惡作劇的眼神。他一定正在口罩下大笑著，世良心想。

怒火在心中燃燒。

——他一開始就沒打算要讓我做，只是想看我拒絕再嘲笑我一番。

真是惡劣的人，世良沒再多想，反射性地回答。

「這是我的榮幸，我做。」

縫合線，長止血鉗。他接過因自己下了指示而遞上的器械，這才想起今天負責遞器械的是花房。但那個念頭馬上就消失了，世良的目光直直地注視著病患的體內深處，被銀色止血鉗前端固定住的胃左動脈的切口。

他將繫著絲線的止血鉗往深處移動，將線掛在夾住血管切口的止血鉗前端，再繞回自己身邊。接著他抓住長線的兩端往患者的體內深處移動，繞過才剛分離好的左胃動脈切口。世良謹慎地將自己剛扣好的結推進最深處，當手指一碰到左胃動脈的底部後，他便將結打在盲腸上。那瞬間，手指就像平常在白袍鈕釦上練習的感覺一樣。他移開手指，立刻覺得自己像被拋到無邊無際的空間裡那般無助。

「混蛋，胃左動脈是打兩次結嗎！」

被渡海劈頭斥責的世良身子一震，重新要了一次縫合線與止血鉗，再次在患者體內打結。因為是第二次的關係，也沒先前那麼緊張了。

渡海看著世良。

「這樣就好了嗎？」

世良瞬間猶豫了一下，但下個瞬間又點頭說道。

「好了。」

「真的這樣就好了？」

世良瞄了渡海一眼，再次點頭。渡海的眼睛微微彎起。

「很好，那就繼續了。」

渡海放開銀色的止血鉗。那瞬間，空氣彷彿凝結了。

下個瞬間，一條紅色的圓弧從腹部噴出，朝著手術房的牆壁畫出一直線。

速水與田口從一開始就站在那道牆壁前。紅色的水柱直接往兩人臉上噴去，速水睜大雙眼看著鮮血噴到自己臉上。

田口還搞不清楚發生什麼事了。他伸出手觸摸臉上的溫熱液體，在知道那是鮮血的瞬間，蒼白著臉暈過去了。

「喔！世良小弟殺了一個病患了耶！」

渡海斜眼瞄向三名學生的情形，將止血鉗重新夾回胃左動脈的切口。他讓關川顧著止血鉗，拿起縫線開始打結。他在世良眼前仔細且確實地縫合，充分展現了自己的技術。

重複兩次那樣的動作後，渡海在眾人面前再度放開止血鉗。

沒有任何出血。

流動護士正在照顧因恐懼而大口喘氣的田口，渡海連正眼都沒瞧過去，

「流動人員，把那個昏倒的少年抬出去，看了礙眼。」

語畢，流動護士便和其他學生一起將田口抬出手術房了。

在一片詭異的寧靜下，手術房內的手術順利地進行著。過不了多久，腫瘤就被切除，胃與空腸的縫合也結束，手術切口也縫合好了。渡海一邊小聲哼著搖滾樂，一邊進行腹腔的縫合。他從闕川手上接過線，在傷口上打了個結。

世良完全被拋棄在手術區的外側。

「手術結束，接下來的就拜託世良小弟囉！這種小事你會乖乖聽話的吧？畢竟再怎麼說，我都是把世良小弟殺掉的患者給救回來的正義英雄啊！」

原本就已縮著的世良的身軀，因為那句話又顫抖了一下。他呆呆愣在原地，看著渡海扯下他的拋棄式口罩，哼著歌走出手術房。

隔天，世良沒有到醫院上班。

整整一夜，渡海的話都在他耳邊不斷迴響著。

「該怎麼辦，殺了人的世良小弟？」

如果渡海當時不在現場，世良就真的殺了人了。這種事實讓世良深深地沉入悔恨的深淵。世良向醫院請了病假，他用被子將自己捲起，整個人縮在裡頭。從旁邊看起來，完全就像是個病人一樣。

迷迷糊糊之中，耳邊一直傳來「殺了人」的聲音。他嚇得一身冷汗，再這樣下去，可能真的要生病了。

在不知道是第幾次被嚇醒後，他撐起身子看向窗外，才發現夕陽已經染紅地平線，就快要完全消失了。微紅的霞光照進他狹小的房內。世良起身倒了杯水，一口氣喝光杯中的水，覺得身體十分疲累。

樓下傳來房東阿姨的聲音。

「世良，有你的電話喔！」

那瞬間，世良原本想裝作不在家，但還是反射性地回答了。

「好，我現在去接。」

他下了樓，拿起走廊上的紅色電話話筒，一道悠閒的聲音傳入耳內。

「我在你宿舍附近，有帶紀念品，應該可以過去找你吧？」

說話的人是這禮拜應該都還在放暑假的高階講師。

他輕快地說完便直接掛斷電話，獨留世良傻在原地，聽著話筒傳來的斷線聲。

高階馬上就抵達了，看來他剛才應該是用附近的公共電話打給世良的。他的手上提著一個塑膠袋。

認出世良的高階笑咪咪地抬起手上的紀念品，吸引世良的目光。

「這是我老家的名酒，非常好喝喔！」

世良連拒絕的力氣也沒有，他領著高階進到他那被子從不疊起的公寓房間。高階毫不客氣地進入，大搖大擺地在他房內隨便挑了個位置盤腿坐下。

「來，喝吧！」

「我感冒了。」

「不要說那些有的沒的，拿兩個茶杯過來。」高階無視他的拒絕，對他說道。

世良聳了個肩，拿了杯子過來。高階打開一升瓶裝的酒，毫不客氣地倒了下去。

「來，喝吧！」

高階一口氣喝乾手中那杯酒，受到引誘的世良也傾斜了手中的杯子。溫熱的液體通過喉嚨，世良覺得自己又重新復活了。高階瞇細眼睛。「再喝一杯吧！」又為他添了一杯酒。

世良與高階兩人大口地灌著酒。在一升瓶裝的酒只剩下一半時，高階開口詢問。

「聽說你在手術中差點害死病患？」

世良嚇了一跳，他放下酒杯，正襟危坐起來。

「我害死他了。要是渡海醫生不在的話，我是沒有辦法拯救病患的。我不配當外科醫生。」

高階看著世良的臉，輕聲說道。

「看來你得到了一個不錯的經驗。」

高階講師話一說完，世良再也按捺不住拚命壓抑的感情，他重重地將酒杯放在榻榻米上，說道。

「不錯的經驗？開什麼玩笑！這種事就已經夠了……我不當外科醫生了。」

高階講師聽完世良如此說道，自顧自地嘀咕起來。

「哎呀，看來我跟渡海醫生的打賭輸了。」

「什麼意思？」世良好奇詢問道。

「我剛剛到醫院大樓去，看到難得出現在護理站的渡海醫生。他跟我說世良那個廢物應該不當外科醫生了，他昨天犯了一個很大的失誤，整張臉都綠了，簡直就是個膽小鬼。我聽完想都沒想就回他，世良的確是個少爺沒錯，但他才沒有軟弱到因為那種事就放棄當外科醫生。接著一起勁，我們就打賭了，我賭你一定會回去。」

世良虛弱地笑了一下。

「真是不好意思，這個打賭是渡海醫生贏了，我就是個膽小鬼。」

「是喔，是這樣啊！」

高階注視著世良，他舉起五隻手指頭，伸到世良眼前。

「幹什麼？」

「這是我到目前為止，在手術中殺掉的人數。」

高階的話令世良反應不過來．他看著世良繼續說道。

「我在手術中殺了五名病患。一直到現在，我還是會時不時想起他們每一個人的臉。但儘管如此，也無法改變我用手術刀殺死患者的事實。那為什麼我還要繼續想著這些毫無意義的事情呢？又為什麼，殺了五個人的外科醫師我要繼續當外科醫師，但連一個人都沒有害死的世良卻要辭職呢？」

高階的眼裡閃爍著光芒，接著他拋下一句簡短的話。

「世良，你懂這之間的差別嗎？」

世良被高階的眼神吸引住，他詢問道。

「我不懂，為什麼高階醫生可以這麼厲害呢？」

高階銳利的目光射向世良。

「因為我有責任。」

夕陽打進狹窄的房間裡，世良與高階面對面對峙著。

「您是在說我沒有責任感嗎？」

「如果你就這樣逃避的話。」

「不論我想不想逃避，都無法讓不小心害死的人復活。」

「世良你不是連一個人都還沒殺死嗎？」

「已經跟殺死差不多了。」

高階用鼻子哼笑一聲。

「完全不一樣，只是你逃避了。那就證明，你單純只是個毫無責任心的膽小鬼。」

「高階醫生對於自己曾經害死的人，難道都不會感到抱歉嗎？」

「當然會啊！這不是廢話嗎？」

「那您為什麼……」

高階舉起手，制止他繼續講下去。

「世良，你是害怕再這樣下去，總有一天自己有可能會害死誰，所以才想辭職。但這跟臨陣脫逃是一樣的，只是出自於覺得自己很可憐的自私心態。」

高階說出的話就像一把手術刀，嘩地切開世良顫抖的心。高階換上一臉與辛辣言詞相反的溫和表情，他看著世良繼續說道。

「不論是幸還是不幸，世良差點殺死患者都是個珍貴的經驗。擁有這種寶貴體驗的你，除了繼續當外科醫生，沒有其他可以彌補過錯的道路了。」

「哪有這種事……」

「就是有這種事。你必須將你做為外科醫師得到的經驗消化，再將這些經驗傳承下去給後面的人。這是你的義務。

「世良，你已經被外科之神選中了，絕對不許逃跑。」高階凝視著世良的臉，低聲說道。

世良看著高階，就像在看怪物般的眼神。夕陽的餘暉投射在高階的臉上，散發出令人不悅的光芒。

——這就是阿修羅。世良心想。

「哦喔，全部都喝光了。」

高階將最後一滴酒倒入酒杯後，一飲而盡。

「那就到此結束吧！」他邊說邊起身，俯視著世良開口說道，「世良，我在醫院等你。」

高階拎起喝盡的酒瓶，走出房間。世良呆呆地看著那扇門。

被昏暗包圍著的房間，只剩世良獨自一人。

「我不幹了」、「不許逃跑」，自己的軟弱心聲與高階的話語，在世良的腦海中不斷地迴響，不協調地重奏著。

七月二十二日星期五，早上六點。

世良回到醫院大樓時，護理站空無一人。大夜班的護士正在做輪班前最後的巡視，也還不到實習醫生抽血的時間，算是空場時段。經常賴在辦公室的青木似乎也在昨晚就回去了。世良取出小山兼人的病歷，發現上面寫著「過程順利」，那是他從沒看過的字跡。

「噢！是世良小弟，你不打算辭職啦！」
他回過頭去，渡海就站在那笑著。他渾身都是酒味，看來昨晚似乎一夜未歸。
「我才不會因為那種事就辭職。」
「喔，是喔……我還想說世良小弟昨天偷懶不來絕對是躲在家偷哭呢！不過，如果真是那樣也沒辦法。」
渡海突然丟了什麼過來，世良接住後，發現那是一包七星香菸。
「幫我拿給高階，說他賭贏了。」渡海開口說道。
「你們竟然只用一包菸打賭我要不要繼續當外科醫生？」世良不可置信地詢問。
「實習醫生要不要辭職這種小事，我願意用一包七星香菸下注你就該謝天謝地了。託你的福，我損失可大了。」
世良突然覺得肩上的重擔輕了許多。原來我當不當外科醫師，對這個人而言只值一包香菸啊！
「渡海醫生到目前為止，殺死過幾個病人呢？」他如釋重負地問向渡海。
渡海一臉不可思議地看向世良。
「為什麼要問這個？」
「就有點好奇。」
渡海左右活動著脖子，發出喀啦喀啦的聲音。

「啊啊，是高階的主意吧！真是會耍小聰明的傢伙。但難得你這樣問了，我就告訴你吧，把耳朵掏乾淨聽清楚了。我到目前為止，一個人都沒殺死過。」

「真的嗎？」

「騙你幹麼？取而代之，倒是有不少女人死在我懷裡。」渡海笑道：「如果是高階那種程度，大概也殺了五個人左右吧！但我的數字是零，為什麼會這樣我也不清楚，可能是死神刻意避開我吧！」

「一定是因為死神也覺得這個惡魔很麻煩吧！」

經世良這麼一說，渡海直盯著世良。

「吶！世良小弟，給你個特別優惠，我就告訴你惡魔如何不殺死病患的祕密吧！」

世良以沉默代言，他拿起絲線，開始在鈕釦上練習打結。

「我不是跟你說過了，做這種事一點用也沒有。」渡海見狀開口盤問。

「就算沒有用、不對、就是因為沒有用，我才要繼續練習打結。下次又遇到胃左動脈縫合時，我一定會打一個完美的結給您看的。」世良抬頭回瞪著渡海，回答道。

世良注視著渡海，繼續說道。

「身為外科醫生，我並沒有渡海醫生那種高超本領，但是我只有這條路可以走，所以我會繼續走完這條路。然後總有一天，我會把渡海醫生打得落花流水。」

渡海睜大眼睛，接著聳了個肩，露出微笑。

「算了，平凡人多努力點也好。」

接著他小聲地低喃著，「畢竟能成為好醫生的都是平凡人啊！」

渡海將白袍披在肩上掉頭離去，衣袖因他離去的動作飄揚著。世良看著他離去的背影叫道。

「小山先生的病歷，謝謝您。」

渡海沒有回頭，但卻停住了腳步。

「你在說什麼？」

「我在佐伯外科待了兩個月，這裡的醫生寫的字我大概都認得出來，但我卻認不出來小山先生昨天病歷上的字是誰寫的，而我目前就只有渡海醫生您的字跡還沒看過而已。」

渡海聳了個肩，慢悠悠地離開護理站。

目送渡海的背影離去後，世良將目光移到自己的鈕釦上，專心一志地打起結來。他將鈕釦上的洞看作是固定著胃左動脈的止血鉗前端。打結、鬆開、鮮血噴出。再一次，鮮血再度噴出。

世良持續著練習打結，不知道過了多久，三名學生已經聚集到自己身邊。但世良完全沒注意到自己正被觀察著，只是一心一意地打著結。

世良在灰色的病房門前做了個深呼吸。

下定決心後，他敲了敲門。還沒等到對方回應，他就直接進到術後病患的單人房。

感覺瘦了一圈的小山先生，鼻孔中被塞了條氣管，連接在嘴上的氧氣面罩。他略顯衰老的太太坐在床旁邊的椅子上，似睡非睡的樣子。

注意到世良靠近的小山太太，起身行了個禮，接著她搖了搖小山先生。

「親愛的，世良醫生來了喔。」

小山先生緩緩睜開眼睛，小聲地喔了一下。他顫抖著手挪開氧氣面罩，像是在鞠躬似的，維持著橫躺姿勢低下了頭。

「謝、謝您……託、世良先生、的福……我才、撿回、這條老命……」

他斷斷續續地說著，拚命向世良道謝。世良立刻搖了搖頭。

「我能力不足，在手術中給其他人添麻煩了。」

小山先生發出像是東西漏氣的聲音，聽起來應該是在笑。

「聽說、俺啊……差點、被醫生您、給殺了……」

世良瞬間宛如凍結一般，接著他沉默地鞠了個躬。

小山先生閉上眼睛，隔了好一段時間，他才緩緩開口說道。

「您不說、我不知道、就沒事了……那個渡海、醫生、才真的、什麼都、一直說、一直說……真囉嗦……」

小山先生慢慢地睜開眼睛，看著世良。

「要是俺在、什麼都、不知道、的時候、死掉了……醫生、恐怕、也要轉行啦……」

世良依舊維持鞠躬的樣子低著頭。小山先生再度閉上眼睛。

「但是……俺啊、活下來了……我從來、沒這麼、高興過……俺只有、一個願望……世良醫生、不要因此害怕……請您、一定要、變成一個、好醫生……」

水珠一滴一滴落在亞麻地板上，形成了一個小小的湖泊。

世良就那樣一直鞠著躬，動也不動。

回到護理站後，三名學生都在那等著世良。認出世良後，高個子的速水向前遞出紙張。

「非常謝謝您這五天來的指導，這是我們的報告。」

「昨天請假了真是不好意思，再說我其實也沒指導你們什麼……不過，反正這也是我在外科第一年而已，程度差不多就這樣，沒什麼好隱瞞的。」世良自嘲似地低語著。

「我將來想當外科醫生，這次的經驗讓我受益良多。我也終於明白了一點，世良醫生一直在練習打結，因為只有磨練自己的技術才能夠拯救病患。但就算您這麼努力了，也還是遠遠不夠，因為外科就是這樣的世界！」速水看著世良說道。

速水咬字清楚地說完後，島津悄聲補充道。

「喂、手術中發現到的問題也要老實講出來啊！」

速水斜眼瞪了一下島津。

「吵死了，難得我決定要走感人路線，你別在那邊鬧！」

島津不滿地回嗆著，田口則呆呆地望著窗外。速水一手一個，拎著兩人的後頸，硬是按下他們的頭，三人一起鞠了躬。

「我們會追隨世良醫生成為醫生的，今後也請多多指教。」

世良看著他們三個。

——不管是高階醫生還是渡海醫生，在這些傢伙眼裡看來，都跟我一樣只是他們的前輩啊！

世良笑了，同時也下定決心。

只不過早了他們一步，我便也成了擔起外科重擔的前輩之一。既然如此，不管今後再怎麼難看，我都有義務要用自己的言行帶領他們不斷往前。

學生三人離開醫院大樓後，世良拿起手中三份報告閱覽起來。所有人都只寫了一張紙而已。我當學生的時候也是這樣，世良不禁苦笑。

第一張報告寫得密密麻麻的，紙面的右上角小小地寫著島津的名字。

『根據上述事實，本次手術見習感想的總結就是，最大的問題在於不合理的診斷。本次手術見習的現場，主刀醫師不顧第八號淋巴結腫脹，未能迅速處理。假如癌細胞轉移至腫脹的淋巴結中，手術處置也將改變。若能在手術中結合高精度的術中診斷，相信一定能帶領受困瓶頸的外科走向新的顛峰。』

——你誰啊你！

世良忍不住罵道。平常總是呆頭呆腦地東張西望、像個可疑人物一樣，沒想到態度竟然這麼傲慢，真叫世良一個頭兩個大。

這種報告不能直接拿給佐伯教授看。但已經寫好了又不可能叫他重寫……

第二張報告是在手術中被血噴到而暈倒的田口，他只寫了幾行字。

『這次的見習，讓我深深了解到自己並不適合外科。尤其我再次體悟到自己真的很怕血，因此我決定以後盡量不要靠近手術室。所以，這是我第一次也是最後一次手術見習，謝謝您的指導。』

世良忍不住笑了出來。有自知之明也是好事，這傢伙在內科絕對可以成為很好的醫生。但一回過神來，他突然傻在原地，這種告別外科的宣言，果然也無法拿給佐伯教授看。世良抱頭苦惱著。

他抱著最後一絲希望，翻到第三張報告。那是他最在意的學生，速水的報告。雪白的紙上，潦草地寫著一行字。

『我馬上就會超越你。』

世良想都沒想就將手中的報告揉成一團，用力地往牆壁丟了過去。紙團打中牆壁又滾了回來。世良將那團紙撿起，慢慢地攤開，壓平紙上的折痕。

他用指尖一遍遍地觸摸著速水寫的那行字。

——結果，從頭到尾都沒有人要我說明。我在手術中犯了這麼大的失誤，也沒有半個人介意。我辭不辭外科醫生根本不是什麼大事，只有我自己把它當成天下第一大事在那邊糾結。

世良伸了一個大大的懶腰。

——原來啊，原來只是這樣啊！

這個也是、那個也是，每個人的報告都亂寫一通，這樣一來只好靠我來成就外科了。我會在這個世界掀起旋風的，等著瞧吧！

那天晚上，世良坐在電腦前，用Word打著學生的指導報告。

這次參加臨床實習的三名學生，毫無疑問地都是非常優秀的學生。由於三名學生的興趣不一，站在指導教官的立場，我認為他們分別適合走內科、外科，以及理學檢查。儘管如此，對於仍處於白紙狀態的學生而言，才大四就下決定似乎又嫌太早了。

由此可知，本科的臨床實習適於呈現綜合外科的體系，但要在短時間內完整呈現所有外科也是不太可能的。雖然只見習了一小部分的病例，但學生們都收穫良多。我也從外科的臨床實習中，重新體悟到為什麼要設立手術見習的真正原因。就算這群學生將來不走外科——不，正是因為他們不打算走外科，我們才更要推動臨床實習中的外科手術實習。

日本的醫師在拿到醫師執照的當下，就具有所有醫科項目的資格了。因此，對於立志走內科的醫生，外科的臨床實習也是非常重要的。

最後，做為指導方的自己，也透過對學生的指導，重新認識了自己的立場與技術。我深刻體會到自己的不成熟，同時也獲得了嶄新的觀點，對我本人來說，十分具有意義。

一九八八年七月　F小組負責人　綜合外科教學中心　世良雅志

三名學生結束短暫的實習，離開佐伯外科教學中心。儘管只停留了短短五天，這些經驗卻深刻地影響著未來的他們。

二十年後，他們所屬的東城大學醫學部附設醫院，在未來將面臨一個個前所未有的災難與醜聞。經過二十年歲月的醫療常識，也將產生激烈的變化。夾帶著內憂外患的暴風雨將翻轉他們的命運，但那又是另一個故事了。

第七章 陷阱 七月

世良輕快地走在車站前飄舞著金色葉子的銀杏大道上，同時因為周遭微涼的空氣感到十分放鬆。

這是十月某個晴朗的週日上午。來自各處的商場進駐了剛建好的車站大樓。世良奔向車站月臺，那裡聚集了正在等著誰的男男女女。有的人一臉閒得發慌，也有人不斷注意著自己的手錶。

——似乎來得太早了。

因為電影是十點半開始，所以就約了十點十五分這種不上不下的時間。時鐘的指針指向十，比約好的時間提前了十五分鐘，怎麼說都好像太早了。

世良不禁苦笑起來。他走到約好的地點，櫻宮站的紀念碑。當他抬頭看向櫻花少女雕像時，才發現雕像腳邊有張熟悉的側臉。

世良屏住呼吸，悄悄往那名嬌小的女性身後靠近，她整齊的柔髮正微微地搖曳著。世良看著正低著頭專心讀書的她，從她的左後方伸出拳頭，輕輕地敲了一下她的右肩。

那名女性從書本中抬起頭來，朝右後方轉了個頭，卻不見半個人影，她不禁感到奇怪。世良趁機又輕敲她的左肩，她又將頭回轉過來，看到世良的臉才笑了出來。

「真是的，世良醫生就愛惡作劇。」

花房美和噗哧一笑，接著又低下頭來。

「妳在讀什麼啊？」

世良從花房手中拿起那本書。

「啊！還給我！」

那是一本略薄的精裝書，世良快速地翻閱了一下。

「這是什麼、俳句？」

花房從世良手中拿回自己的書，攤開原本罩在外面的書封。

「不對，這是短歌。」

「哦喔，『生菜紀念日』，好奇怪的書名。」

「這是跟我差不多大的女生寫的歌集，是去年的暢銷書喔！」

世良聳了個肩。

「是喔，我不知道短歌集也能變成暢銷書。」

「世良醫生都不怎麼看書的嗎？」

「也不是那樣，只是我去年是考生，今年則是因為我還只是個小小的外科醫生，根本沒有多餘的時間看書。仔細想想，上次看電影也已經是兩年前的事了。」

世良想起最後看的那部科幻片《回到未來》，那時坐在自己身邊的是早已完全疏遠的前女友祐子。

世良抬起頭，看著車站大樓對面的電影院。

「雖然有點早，但我們先過去吧！不過，真的看這部電影就可以了嗎？」

花房露出很開心的微笑，點頭說道。

「嗯！我很早就想看這部了！」

電影院的看板上畫了一隻很胖的狸貓，世良偏了偏頭，用花房聽不到的音量小聲嘀咕著。

「……龍貓到底是什麼東西。」

一片漆黑中，世良一邊感佩身旁的花房一頭栽入欣賞電影的情緒中，一邊將爆米花往嘴裡塞。終於，狸貓妖出場了。自己也好久沒看動畫了，而且竟然還是到電影院來看。世良在心中如此想著的同時，也終於開始認真看起螢幕上的動畫電影了。

女主角終於見到母親了，身旁的花房因此吸了吸鼻子。世良在心中暗下決心後，將手伸了過去，在黑暗中握住那隻微涼的手。那瞬間，對方的手也震了一下。

世良用手掌握住她纖細的手指。她的手指因猶豫而移動了一下，但馬上又像放棄般地抽掉力氣，任世良握著。世良慢慢地移動著手指，直到兩人的十根手指都緊扣在一起。

車站大樓的最頂層，世良與花房面對面坐在家庭餐廳窗邊的特等席，享用著義大利麵跟牛排。

「果然這個導演的作品就是棒！之前看的那部也很好，但這部又是全新的體驗。」

世良意味深長地看著花房滔滔不絕地說著電影感想，跟平常靜靜待在手術房準備的她完全不一樣。

「花房小姐真的很喜歡看電影耶。」世良吞下最後一片肉，拿起紙巾擦著嘴說道。

花房看著世良，點了個頭。

「但我也沒有很常去看，而且休假都跟朋友搭不上，通常都是一個人去看比較多。」

花房是手術室裡唯一的一年級護士。醫院大樓和手術室的上班時間完全不同，醫院那邊的上班時間比較不固定，而手術室這裡的排班都是固定的，也是因此她才無法和其他同儕一起休假吧。

「跟男朋友一起去不就好了？」世良故意向花良問道。

花房抬起頭看著世良，下一秒臉突然紅了起來，又將頭低下去。

「我又沒有男朋友。」

後悔自己開錯玩笑的世良，同時也因為對方的回答感到豁然開朗。

回過神來，杯子裡的咖啡已經喝光了。店裡的女服務生像是要催促他們加點什麼似的，時不時便會走過來添水。

世良舉起手伸展了一下，接著說道。

「對了，比起那個，渡海醫生好像已經完全掌握到高階醫生的弱點了，他一直用權太郎啦、權字之類的稱呼來叫高階醫生。高階醫生很明顯就不喜歡自己的名字『權太』，所以每次渡海醫生這樣叫的時候，他的眉毛就會抽動幾下。然後啊，手術一結束，我就會被遷怒。」

世良模仿著高階的口氣。

「世良，醫院是公共場合，就算我們關係不錯，該有的禮儀也不能忘。畢竟我可不像美國人有那種互相叫名字的習慣。」

花房和世良同時笑出來。世良邊笑邊繼續說道。

「我本來就不會用權字來叫高階醫生好不好。他真的超在意的啦！」

花房也笑道。

「高階醫生真可憐，現在手術房已經沒有人會叫他高階醫生了。大家都在私底下叫他小權，藤原護理長甚至還叫他『權助[16]』呢！」

「權助，對對對。明明就是個完美無缺的菁英外科醫生，卻不知道自己掉進了凡人設的陷阱呢！」

「真的，不過高階醫生最近好像有發現我們都這樣偷叫他，感覺心情很不好。每次我們要跟他面對面講話時，都覺得有點可怕。」

「那還真令人期待，我光想到藤原護理長衝著他叫權助的畫面就覺得興奮，一定比今天的電影還有趣好幾倍。」

花房瞄了世良一眼。

「你覺得這部電影很無聊嗎？」

世良趕緊搖頭。

「才沒這回事！只是我太久沒看動畫了，有點看不懂而已。話雖如此，動畫的情感表現也越來越寫實了耶！」

那是非常坦率的心得。花房鬆了一口氣，接著說道。

「對呀，但果然還是比較偏向小孩子看的吼，下次我會找找看有沒有愛情故事

16　藤子不二雄的漫畫作品《21衛門》中的古怪機器人。

的。」

話一說完，花房才注意到自己不經意說溜了嘴，讓對方發現自己已經在期待下次約會了，她的臉頰染上一片紅暈。

世良將花房的擔心和因說溜嘴而害羞的樣子都看在眼裡。

「我也看不太懂純愛故事耶，因為我本來就很少看電影嘛！」

「不是電影也沒關係，我也喜歡美術館或水族館之類的。」花房一臉認真地說道。

「咦？水族館啊……」

世良的腦中浮現出櫻宮水族館的報導。那個是什麼，啊啊，「黃金地球儀」的文章！

「妳知道預計明年春天開幕的櫻宮水族館分館『深海館』的招牌嗎？」

花房搖搖頭。世良繼續說道。

「是在櫻宮灣發現的阿呆海鞘跟『黃金地球儀』喔！」

「阿呆海鞘我知道，因為是新發現的品種，還引起了騷動呢！但『黃金地球儀』是什麼？」

「好像是要推廣『故鄉創生事業』的關係，政府發給全國每個鄉鎮各一億元日幣，讓他們盛宴款待大家。但櫻宮市會錯意，就把價值一億元的金塊做成了地球儀。」

「原來如此。」

花房將手撐在下巴的位置，開始思考起來。

「但是，為什麼要把地球儀放在水族館展示呢？」

世良回答。

「其實啊，櫻宮市裡是沒有博物館的，好像是因此才勉強湊合，當作水族館的招牌了。」

「黃金地球儀倒是無所謂，但我還滿想看看阿呆海鞘的！」

花房一臉期待地看著世良。

「要不要一起去？」

花房點頭答應。但世良話一說完，馬上又支支吾吾起來。

「啊、對不起，可能還是不能先跟妳約。」

花房臉上的表情由晴轉陰。

「誰叫世良醫生不方便跟我出去嘛！」

世良慌忙地搔著頭。

「不是那樣啦！明年我們綜合外科教學中心的實習系統會有一些變化。至今為止，實習醫生都會在第二年離開醫院，到外面配合的醫院去實習。但明年開始，好像會有一部分的人留在原本的醫院。所以如果有留在這裡的話就可以一起去，但如果被派到外面的醫院就沒辦法了。」

「明年會有幾名醫生留在大學醫院啊？」

「還沒有正式的公告，但聽說會留兩三個下來。」

世良挺起胸來繼續說道。

「我希望可以快點離開大學醫院，在這裡都不能自己動手術，聽說外面的醫院有很多動手術的機會。」

「希望世良醫生的願望可以實現呢……」

花房一臉寂寞地說。世良見狀，慌忙補充道。

「呃，那是我之前的想法啦！其實我最近突然又覺得，留在大學醫院也滿不錯的啦！」

世良看著花房。花房滿臉通紅地低下頭，接著又抬起頭來笑著說道。

「如果明年世良醫生還留在這裡，而且也沒忘記跟我的約定的話，我們就一起去吧！」

「沒問題。」

世良看著花房的笑臉，換了個話題。

「話說，手術室的人又是怎麼評價渡海醫生的？」

花房臉上的表情看起來有些複雜，感覺好壞參半。她面有難色地回答。

「很爛，跟，很優秀。」

「什麼意思？」

花房看向窗外，眺望著從車站大樓延伸到海邊那面成排的金黃色銀杏樹。

「藤原護理長總是這樣說，要不是他技術高超，我現在就想把他撕個七八爛！」

花房玩弄了一下柳橙汁的吸管，繼續說道。

「手術都開始了還看不到人，手術一結束又馬上不知道跑哪去了。要是他跑去醫院大樓裝忙一下還說得過去，但他卻窩在外科休息室，放著吵死人的搖滾樂，這種人的評價怎麼會好？」

「的確，難怪會被說很爛。那很優秀又是怎麼一回事？」

「那是在說他的手術技巧，又快又準。不只如此，只要一看到渡海醫生在動手術，就好像自己周遭正播著搖滾樂一樣。」

「那種畫面跟他的手術技巧完全沒有關係吧？」

花房縮了縮脖子，稍微想了一下，又小聲嘟囔著。

「但是，他的動作真的會讓人覺得像在聽音樂一樣。大概是因為他的手藝十分高超吧？」

花房嘆了一口氣。

「我遞器械的動作還不夠熟練，就算有幸跟渡海醫生一起動手術，也沒辦法讓其他人聽到音樂。但貓田主任遞器械的時候就很厲害，那種就叫做二重奏吧！」

花房露出羨慕的表情。世良突然覺得有點焦躁不安。

「咦？也就是說，小美和常被渡海醫生罵囉？」

世良突然想起渡海都叫花房「小美和」，他若無其事地跟著用了這個稱呼。就像被判機會球時一樣緊張，但這種時候就需要放鬆。世良根據以往的經驗，盡量表現出無動於衷的樣子。

花房身體一震，似乎也有點緊張。她抬起頭來望著世良，接著回答。

「渡海醫生很溫柔，就算我跟不上他的指示，他也不會生氣。真要說的話，我覺得高階醫生比較恐怖。」

令人意外的回答，世良不禁脫口而出。

「那是因為渡海醫生很隨便吧！」

花房斬釘截鐵地說。「只有真正強大且溫柔的人，才能夠對弱者表現出隨便的樣子。」

世良因為那句話受到了震撼，內心傳出金屬相撞的細小聲音。花房雖然看起來十分柔弱，卻是個內在堅強且不易動搖的人。世良看著她的嘴角，嘆了一口氣。看來自己離花房的層瓣，還有一段很遠的路要走。

世良稍微換了一下話題。

「妳知道渡海醫生平常在聽的搖滾樂團嗎？」

「Butterfly·shadow，這個樂團最近好像有點紅耶！」

世良對於花房能夠正確回答他的問題感到十分驚訝，他問道。

「妳怎麼會知道？」

「之前被邀請到外科休息室時，他告訴我的。」

「小美和被邀請到渡海醫生的房間！什麼時候？」

察覺到世良的語氣變化，花房趕緊搖起雙手，補充說道。

「不是啦！被邀請的人是貓田主任，我只是跟著一起進去而已。」

「貓田主任跟渡海醫生感情很好？」

「渡海醫生很喜歡貓田主任，但主任對他好像沒什麼興趣。」

花房輕輕笑了一下，繼續說道。

「主任對哪裡可以睡覺比較有興趣。而且，她還忙著躲避護理長嚴厲的管理呢！渡海醫生知道這件事後，就說可以借她他在手術時不會用到的渡海醫生專用房間，所以兩個月前我們就被邀請進去他房間了。」

「哦，這麼一來貓田主任平常就有地方睡覺了。」

花房搖了搖頭。

「不是這樣的，貓田主任說只要一踏進渡海醫生的房間，菸臭味立刻就會撲鼻而來，她才沒辦法在那種房間睡覺呢！」

「貓田主任這麼討厭菸味啊！」

「對啊，她好像為了要找沒有菸味的地方睡覺，在醫院到處流浪呢！」

「但話說回來，在上班時間找地方睡覺的人也很有問題吧。」

花房露出微笑。

「藤原護理長之前也說過一模一樣的話。」

感受到女服務生壓迫的眼神，世良開始收拾起東西，準備起身離開。花房向他問道。

「世良醫生，綜合外科教學中心在準備新的研究嗎？」

世良那時正要把包包放在膝蓋上，他停下動作，回問道。

「為什麼這麼問？」

「因為上禮拜高階醫生訂了二十臺『Snipe』。」

「二十臺？真的嗎？」

世良毫不隱瞞自己的驚訝，他回看著花房。

「對啊，藤原護理長也嚇了一跳，還又確認了一次數字是不是多了一個零。」

如果要進行二十場食道癌手術，那幾乎占了佐伯外科一年動的手術的三分之二了。該不會接下來這一年，食道癌手術都要交給高階講師做吧？假使如此，佐伯外科會變成什麼樣子呢？

世良突然覺得自己有點站不穩了。但一看到花房一臉擔心的樣子，他又微笑著掩飾過去。

「今天玩得很開心，下次再約吧！」

花房輕輕地點了個頭。

從帝華大學過來的高階講師，在他到任東城大學醫學部附設醫院綜合外科教學中心，通稱佐伯外科，至今也已經五個月了。食道自動吻合器「Snipe AZI 1988」席捲了佐伯外科，現在連招牌食道癌手術都成了他的個人秀了。

儘管「Snipe」價格不菲，卻是只能使用一次的拋棄式商品。

回到宿舍的世良盯著書櫃，那裡放著一臺「Snipe」，非金屬的槍身正閃閃發光著。

這臺「Snipe」已經不能用了，是世良之前偷偷帶回來的。每天早晚看到這支白色槍身，高階講師之前在會議時說的話便會從他體內甦醒過來。

——世良，要等十年才能當上食道切除術助手的世界，你也覺得很煩吧？我們應該要創造讓像你這樣的年輕人，都能接連不斷動手術的環境。

那句話宛如甜美的毒藥般，一有機會便會浮現在世良的腦海。

世良躲進被窩裡。高階講師的話宛如薄霧般淡去，取而代之的是冰冷手指的觸感以及抹上口紅的鮮脣在引誘著他。

世良突然想起明天的會議，食道癌患者田村洋子的病例影像浮現在他的腦海中。不知為何，除了輪廓還依稀可見，其餘部分漸漸地被黑影蓋去。宛如被影像吞噬般，世良也沉入了夢鄉。

新的禮拜開始，星期一下午的術前會議，氣氛並不如往常般緊張。最重要的原因是，佐伯外科的大老——黑崎助理教授缺席了。

秋天是學會活動最多的時期，佐伯外科也會輪流派醫生參加各處的學會。儘管如此，比起其他學校，佐伯外科參與的人數還是少了很多。這是因為佐伯外科是著重手術能力大於研究的老派教學中心。

——外科醫生靠的就是手術能力。

這種理所當然的思考方式，最近漸漸地偏離主流。至少如果要登上醫學院的最高峰——當上教授的話，論文數也是非常受到重視的。在醫界較出名的大學醫院，譬如說以日本第一自居、地處首都東京的帝華大學，便是以論文數量的多寡來判斷醫生的才能，藉此決定能否升官的。

另一方面，佐伯外科對學術研究則不怎麼重視。

最近的會議幾乎都是死氣沉沉的樣子。渡海醫生原本就不怎麼參加會議、佐伯教授對高階講師的決定提出意見的次數也越趨減少。現在的術前評估會議，幾乎都是高階講師的個人秀。

或許是因為這個緣故，總覺得高階講師指導的實習醫生——世良的地位也相對提升了。雖然世良平常不太在意這種事，但北島卻對這方面很敏感。每當世良感受到來自北島的輕微敵意時，便會覺得有點煩躁，但同時又有點開心。

這種複雜的心情，讓世良覺得有點喘不過氣。

與秋高氣爽的天氣相差甚遠，佐伯外科的氣氛令人感到窒息。世良就在這樣的環境下，以高階講師底下的實習醫生身分，在會議中平淡地報告著病例。

「因此，田村女士的食道癌細胞，恐怕會轉移到氣管分岔處。考量到癌細胞有可能透過黏膜轉移，為方便提供臨時擴大範圍切除的手術範圍，手術將採左側臥位開胸，並以『Snipe』進行機械自動吻合。」

世良熟練地結束例行報告。他環視了四周，無人反對。

看來佐伯綜合外科早已被「Snipe」的白色槍身給壓制住了。

但就在這瞬間，傳來一股低沉的聲音。

「高階，可以讓我說幾句嗎？」

佐伯教授抬起他的白眉，銳利的眼光從皺起的眉間往高階講師射去。高階講師一派輕鬆地回答。

「願聞其詳。」

佐伯教授輕咳一聲。

「你到目前為止用那個玩具開了幾次刀？」

「已經有十一場手術了。幸運的是，目前為止沒有出現Leakage。」

「原來如此。言行既出，我承認你的主張。那麼，接下來我們就得往下個階段前進了。」

高階講師偏了偏頭。

「您的意思是？」

「你在這裡的五個月，想做什麼我都讓你做了。因此現在有三件事，希望你務必做到。」

佐伯教授舉起三根手指頭，繼續說道。

「第一件事，我受邀擔任下個月『國際外科論壇一九八八』的特別講者。下禮拜三左右，你要把在極北大學發表的簡報整理好。演講題目是『食道癌切除手術的未來』。」

「以往的發表時間都是一個小時吧！我明白了。」

「第二件事，你把用這個玩具動的手術結果整理一下，企劃一下明年春天的外科學會總會研討會，拿這個去發表吧！」

高階講師聽完露出微笑。

「我會拜託看看西崎教授，因為他是下次外科學會的會長。其實他也在催我快點拿出什麼企劃來，真是剛好。」

他瞄了一眼佐伯教授，說道。

「佐伯教授也會擔任主席或是其他職位嗎？」

佐伯教授哼了一聲，冷笑道。

「我沒時間跟他們玩扮家家酒，這件事就交給你了，不想做的話，丟給西崎也可以。」

「我明白了，這樣第二件事也解決了吧！請問最後一件事是什麼？」

佐伯教授目光炯炯地看著他。

「你還記得自己為什麼要把這個玩具帶來我們教學中心嗎？你的初衷是希望一般外科醫生都能廣泛使用吧！」

「如您所說得沒錯。」

高階講師點頭回答，同時也露出疑惑的樣子。

「時間差不多了吧！也該讓其他醫生用那個玩具進行食道癌切除手術了。」佐伯教授注視著高階講師，說道：「你曾誇下海口，說不管是誰都可以進行食道癌切除手術。既然如此，不管醫生是誰，應該都能輕鬆做到才對。那麼，主刀醫師就由我來決定。」

高階講師的表情稍微陰暗了下來。

「雖然我認為現在還不是時候，但佐伯教授都開口了，我也只能悉聽尊便。請問要請誰來動手術呢？我個人覺得垣谷醫生還不錯。」

佐伯教授聽完高階講師的話，輕輕地笑了一下。

他環視了現場的所有醫生，原本安靜的會議室瞬間嘈雜起來。

佐伯教授的視線不停地掃過現場醫師的臉，不知怎麼地，世良突然胸口一揪，也跟著緊張起來——該不會？

佐伯教授的視線，宛如賭場輪盤上的滾珠，最後必定會落在某個號碼槽裡。他像是早就決定好人選般，將視線停在世良臉上。

「嗯嗯，讓辯才無礙的一年級生來試試，感覺也挺有趣的。」

世良雙腳一軟，癱坐在椅子上。

高階講師站起身。

「就算是佐伯教授的命令，也有分能做的跟不能做的。再怎麼說，讓才待一年的世良擔任食道癌切除術的主刀醫生都太早了，不可能。」

「什麼嘛，明明是你說誰都可以靠那個玩具動手術的，現在是在自打嘴巴嗎？」

「我不是這個意思。但世良前幾天才被渡海醫生逼做超出他能力範圍的事，現在還沒從打擊中恢復過來。萬一又在這場手術中發生什麼事，我怕影響到他的外科生涯。」

佐伯教授從白眉下射出強烈的目光。

「一般的指導只能培育出平凡的外科醫生。你該思考的是，就算渡海的指導對這個能言善道的一年級小子打擊很大，一定也有不少東西變成了他的養分才是。經過渡海的波濤洶湧蹂躪過的人，更有機會成為有用的外科醫師。」

「但也有在波濤洶湧中翻船的人。」

「優秀的小子，你太天真了。那種傢伙總有一天一定要面對這種現實，既然如此，早點知道自己的極限在哪不是比較好嗎？」佐伯教授笑著說。

佐伯教授像在挑釁世良似的，世良一聽，顫抖地起身。

「既然教授都指名我了，我做。」

「世良，不要亂來。」

高階講師的聲音，在一片寂靜中迴響著。「你做不到的。」

「我不認為佐伯教授是隨便指名我的，因為佐伯教授是打從內心相信我們的。」

佐伯教授「哦？」地注視著世良。世良不顧膝蓋顫抖著，他繼續說道。

「教授叫我做我就做，您一定是覺得我做得到，所以才指名我的吧？」

佐伯教授微笑點頭。

「當然。」

高階講師平靜地告誡著世良。

「世良，我很佩服你的勇氣，但是你總是在逞匹夫之勇。失去自我的勇氣簡直就是在危害自己。你要記住，放棄有時候也是一種勇氣。」

高階講師將視線移回佐伯教授的臉上。

「玩笑話就到此為止吧！要做『Snipe』手術的主刀醫師，至少要是參與過五次部分胃切除手術的外科醫師。的確，我之前是說過，只要是外科醫生，誰都有辦法用『Snipe』動手術。但反過來說，這也是非外科醫生不得進行的手術。一年級的實習醫生還不能算是外科醫生，因此，還請您從指導醫生中挑選主刀醫生。」

佐伯教授以銳利的目光注視著高階講師。

「嗯嗯，真是高招，被你閃過了。那我也稍微讓步，直接徵求志願者吧！這裡有人想當主刀醫生嗎？」

佐伯教授環視著周遭。在場的人瞬間猶豫起來，儘管有野心想嘗試新技術，卻不想背負失敗的責任。現場陷入一片沉默。

「怎麼？這就是天下第一的佐伯外科嗎？真丟臉。」佐伯教授低聲說道。

經他這麼一說，一名外科醫生站起。

「學生不才，但請讓我擔任主刀醫生。」

所有人將視線集中在他身上，那是擔任指導醫生第五年的關川。

佐伯教授看向高階講師。「你對關川有什麼不滿嗎？」

高階講師瞬間遲疑了一下，但馬上又挺起胸膛。

「我沒有任何異議。」

「關川，你有在高階講師的手術中擔任過助手嗎？」佐伯教授繼續看著高階講師，問道。

「有過三次。」

佐伯教授心滿意足地點頭。

「很好，關川，那手術就交給你了。」

高階講師向關川表示。

「不用擔心，我會做為第一助手協助你的。」

關川的表情這才安心下來，佐伯教授立刻嚴厲地說道。

「優秀的小子，這場手術你連刷手都不要想，我不允許你進入手術房。」

佐伯教授話一說完，關川便因驚訝瞪大了雙眼。

「混蛋，怎麼可能這樣亂來！」高階講師大聲喊道。

這對一向冷靜的他來說，是非常罕有的行為。但在場的人也都認為佐伯教授的話確實太過了，高階講師會抗議也是理所當然的。

「你自己想想你曾經在這間教室裡說過什麼！那時你斬釘截鐵地說，要將這個醫療器械發揚光大，改變日本的外科技術。但你是不可能參與每一場手術的，也就是說，接下來會發生的事，就是你所期待的現實。」佐伯教授平靜地說道。

「話是這樣說沒錯，但在引進新技術時，勢必得先好好研修相關課題。不顧一切直接引進醫療技術，根本就是自殺的行為。」高階講師反駁道。

「那你要花多少時間在研修上？關川擔任過三次第一助手，想必在研修課題上已經相當了解了。」

高階講師沉默不語，佐伯教授淡淡地繼續說著。

「優秀的小子啊，你可能還沒搞清楚狀況，你要是繼續推進自己的想法，未來的某處，一定會有不自量力的菜鳥邊看邊模仿，挑戰新技術。到時，這種醫療技術將會害死許多人，你必須先親身體驗這個事實的嚴重性。

「星期三的食道癌患者，田村洋子女士的手術人員將由關川擔任主刀醫師，第一助手垣谷，第二助手青木。我不接受任何異議，以上。」佐伯教授放聲說道。

佐伯教授慢悠悠地起身離去。當他的手碰觸到門把時，又像是想起什麼似的開口說道。

「對了，我忘了說一件事。我的教學中心之所以默許這個玩具的存在，是因為目前為止都沒有任何失敗案例。身為教授的我就算不喜歡，只要能拿出成果來，我也不會不顧個人意見。但是，只要出現一次失敗，我就會毫不猶豫地終止整個計畫。」

會議室的門嘎吱嘎吱作響地關上，高階講師的眼眸宛如燃燒著火焰，他惡狠狠地瞪著消失在另一頭的佐伯教授的背影。

佐伯教授離開後，關川與垣谷立刻奔到高階講師的身邊。

「高階醫生，這下該怎麼辦？」

被指名為第一助手的垣谷開了頭，關川則鐵青著臉，嘴唇不自主地顫抖，說不出話來。高階講師一臉無奈地笑道。

「佐伯教授都這樣放話了，還能怎麼辦？做就是了。」

高階講師看向關川。

「聽說關川醫生覺得這種手術很簡單呢！」

「那是……」關川低下頭來。

高階講師笑道：「就該這麼想沒錯！佐伯教授說得對，這種手術其實不難，見習過三次就足夠了。沒問題的，關川醫生絕對辦得到，何況還有神助手垣谷醫生在，手術一定會穩如泰山。」

「就算你這樣拍我馬屁也沒幫助。」垣谷沒好氣地說。

對佐伯外科向來忠心耿耿的垣谷來說，現在只覺得百感交集。

高階講師露出微笑。

「一直煩惱下去也不是辦法，關川醫生請先拿報廢的『Snipe』反覆進行模擬試驗，有任何問題儘管問我，這種時候就不需要客氣了。」

他話一說完，垣谷便看向世良說道。

「世良，趕快把主刀醫生預定變更表拿去手術室！」

接著他又瞄了一眼世良，繼續說道。

「後衛只要專心防禦就好了，只是因為跑得很快就被捧上場，還滿不在乎地跑到最前線的話，對比賽一點幫助都沒有。」

我就是因為這樣，才能在六年級的秋天成功射門，幫隊伍贏得冠軍的！

儘管心底這麼想，世良還是把話吞了回去，默默地從垣谷手中接下表格。

世良站在手術室前，深呼吸一口氣。他用腳踩下腳踏開關，手術室門便自動開啟，接著換上塑膠拖鞋，直接以白袍的姿態走了進去，並打開入口處左手邊通往手術室櫃檯的門。

跟他猜想的一樣，花房正在裡頭整理文件。世良感覺自己的心跳正在加速。花房抬起頭來，一看到世良，不禁羞紅了臉。

「我是來交手術預定變更表的。」世良略帶僵硬地開口。

「謝謝您特地拿過來。」

他們互相見外地打聲招呼後，花房小聲地說道。

「那個，昨天謝謝妳了。」世良壓低音量回答。

「我還會再約妳的。」

看到花房微微地點頭後，世良的周遭瞬間明亮了起來。

這時，忽然有人從背後伸出手來勾住世良的脖子。

「喲！世良小弟，什麼時候跟小美和感情這麼好了啊？」

渡海的聲音傳來。

「才沒有咧！」世良頭也沒回地回答。

渡海笑了起來，他伸手將世良剛交給花房的表格拿來一看。

「我又沒在罵你，男女交往也沒什麼關係。比起這個，小美和，妳不要只顧自己啊！也要幫忙一下學長我嘛！不能幫我追一下小貓嗎？」

「雖然沒有直說，但我有不經意地提到您的事了。」花房紅著臉小聲地回答。

渡海看著花房，接著大笑起來。

「妳真的照做了啊？不用擔心啦！我知道小貓對男人沒興趣，我只是難得找到一個人跟我一樣，覺得睡覺是世界上最重要的事，所以想跟她打好關係而已。」

他朝世良眨了個眼。

「你們下次想去哪裡？只要我跟藥商說一聲，他們就會幫我準備往返六本木的專車了。小美和要不要一起來啊？跟世良醫生一起來吧！」

世良與花房互看了一眼。這時背後傳來一聲喝斥。

「妳要打混到什麼時候，還不趕快工作，花房。」

世良一回頭，藤原護理長就站在那扠著腰，瞪著渡海。

「可以不要灌輸我們家新人那些糟糕的觀念嗎？」

「喔喔，好恐怖，原來是護理長啊！妳在說什麼啊？講話不能溫柔一點嗎？」

「不行，今年佐伯外科的成績不夠理想，你也好、權助也好，盡是一些任性的傢伙！」

藤原護理長瞪著渡海，才剛將兩手交叉於胸前，櫃檯後方的倉庫就傳來東西掉落的聲響。在場的人都因此嚇了一跳。世良和花房互看一眼，藤原護理長的眉頭稍微抽搐了一下，接著她嘖了一聲。

「小貓這傢伙，一定又跑到倉庫裡……真是沒救了。」

「虧我還要把房間借給她說。」

藤原護理長裝作沒聽見渡海的牢騷，直接打開後方的門。只見貓田主任站在那揉著撞到的額頭。

「啊，藤原護理長，早安。」

「早什麼早，都下午了，妳這個人真叫我無言。」

貓田主任不知是否已經習慣藤原護理長的斥責了，她慢吞吞地走到花房旁邊的位置坐下，看也沒看花房一眼，便低聲說道。

「沒用的女人，不是跟妳說護理長來的時候要假裝咳幾聲嗎！」

「對不起，貓田主任。」花房縮了縮身子，向她道歉。

藤原護理長見狀，接著說道。

「妳沒必要道歉，做錯事的是在上班時間睡覺的貓田。」

貓田主任抬起睡眼惺忪的臉，心不在焉地說道。

「護理長，妳搞錯了喔！我不是在睡覺，只是吃飽休息一下而已。」

護理長經她一說，更是氣到手都微微顫抖起來。渡海毫不在意地輕敲了她的肩膀，將手中的表格攤在桌上。
「比起那種小事，這個東西還比較有趣喔！看來權字被降職了。」
藤原護理長將目光移到手術預定表上，浮現出驚訝的表情。
「明明是『Snipe』的手術，卻沒有權助，這是怎麼一回事？」
「嗯嗯，看來老頭也終於露出真面目出招了啊？」
世良說明了會議室裡的事情發展之後，渡海打了一個哈欠。
「什麼意思？」
渡海看了一下圍繞在身邊的人。
「想繼續聽下去的話，就到我房間來吧！剛好我今天很閒。」
「你每天都很閒吧！」藤原護理長小聲說道。
貓田主任朝著正要走出房間的渡海喊道。
「渡海醫生，後天的手術時間，我可以去你房間吧！」
「嚇死我了，之前不管我怎麼說都不太理我的小貓，現在竟然主動叫住我耶！」渡海立刻回頭，「但還真不巧，這次我可沒空陪你們玩扮家家酒。明天起，我要去東京三天參加研討會，然後晚上要去六本木好好開心一下。難得小貓主動找我，真是對不起啦！不過，事情就是這樣囉！」
貓田主任在目送渡海的背影離去後，將視線移到手術預定表上。

「我不想在這場手術中遞器械啊……對了！讓小美和來試試怎麼樣？」

「能夠決定這個的是護理長吧！」

話才剛說完，藤原護理長便直盯著貓田主任。

「怎麼了，有哪裡不對勁嗎？」

貓田主任輕輕地笑了一下，接著轉身對花房說。

「小美和，我敢打包票，這對妳來說會是很棒的經驗喔！」

世良抵擋不住誘惑，獨自來到渡海的房間輕敲了房門。

「在喔！」聽到這聲回應後，世良打開了門。

原以為會聽到吵死人的搖滾樂，沒想到房間裡播放的卻是清澈女聲的慢情歌。

「這是Butterfly·shadow嗎？」世良一邊關門一邊問道。

渡海露出驚訝的表情看著世良。

「你竟然知道他們，明明只是個小樂團而已。」

「碰巧聽說過而已。」

躺在沙發上的渡海坐起上半身。

「可惜你答錯了，這是一名叫做水落冴子[17]的歌手唱的。」

17 海堂尊於前作《巴提斯塔的榮光》創作的角色之一。

「這首歌名叫什麼？」

「〈狂想曲〉。」

在對方的勸誘之下，世良也坐了下來。他一邊聽歌，一邊覺得內心騷動了起來。隨著歌聲的音波開始震動，漸漸拉長並淡出時，他內心的波動也達到最高點。

「這首歌對你來說還太早了。」

渡海停下黑膠唱片機，換了張唱片。

唱針落下的同時，大分貝的電吉他聲也傳了出來。

世良壓著耳朵，以不輸給音樂的音量大聲喊出。

「這首歌又是什麼？」

「這才是真正道地的 Butterfly · Shadow，歌名是〈聖甲蟲的眼淚〉。」

聖甲蟲。確實在古埃及，他們將這種蟲視為是神聖的。明明是首美麗的旋律，作者卻使用糞金龜這種昆蟲的名字來當歌名，令世良覺得十分有趣。

在大分貝音量的包圍之下，渡海一反常態地一臉嚴肅。

「你剛剛說老頭不准權字參加手術對吧？」

世良點了個頭。渡海繼續發著牢騷。

「沒辦法，誰叫他不只那個玩具，還要求要用ＩＶＨ（中央靜脈營養輸液），根本就觸犯到老頭的禁忌了。」

「為什麼ＩＶＨ也有問題呢？」世良問道。
渡海抱起手臂，低聲說道。
「……世良，對老頭太過忠心的話，可是很危險的喔！」
「我聽不懂您在說什麼，有什麼話請直說。」
渡海陰沉地看著世良，聳了個肩。
「好吧，真要說的話跟你也有點關係，沒辦法，我就特別告訴你吧！」
他嘆了一口氣，接著直接說道。
「只要有可能危害到自己的前途，老頭馬上就會跟對方切割關係，就算對方是他長久以來的戰友也一樣。」
到底在說什麼……世良無所適從地等待渡海繼續說下去，然而渡海卻只是保持著沉默。
「佐伯教授明明就對渡海醫生有差別待遇，您到底有什麼不滿啊？」世良開口問道。
「……以上就是可愛的青少年的意見！」
面對渡海的敷衍，世良不由得覺得火大。
「我是很認真在問的，請您也認真地回答我。」
渡海看著世良，虛弱地笑了一下。
「老實說，我應該現在就發火，把你從椅子上踹下去再趕出這裡，不過一切都太遲了。」

渡海盯著世良的臉，繼續說道。

「因為給我特別待遇我就必須感謝他？別開玩笑了！我受這種待遇是應該的，那是老頭在償還過去的罪過！」

世良因為渡海突然翻臉給嚇住了，他嘴巴又張又閉的，目瞪口呆地看著渡海。渡海繼續說道。

「這個故事要從十七年前，佐伯老頭和我爸的爭執開始講起。」

渡海抱著手臂，閉上眼睛。

「我爸畢業於極北大學，本來一直都在母校擔任內科助手，但在我進到極北大學醫學部前，他就被東城大學醫學部內科招攬過來了。剛好跟現在的高階滿像的，隻身前來赴任這點也一樣。」

世良不知道該反駁還是順著渡海的話。

渡海側耳傾聽著樂曲，過了不久，他小聲地嘀咕一句。

「ＩＶＨ是我爸確立的技術。」

世良看向渡海，渡海繼續說道。

「我爸一直想將ＩＶＨ引進東城大學，但那時上一代外科教學中心的教授認為他們不需要仰賴內科，所以一直視我爸為眼中釘。在眾人都極力反對的情況下，出現了一位認可ＩＶＨ的價值，並開始積極使用的醫師，那個人就是佐伯老頭。」

世良對這番話感到不可思議。假使ＩＶＨ真是佐伯教授引進來的，那現在應該會在教學中心大量使用才對。彷彿看穿了世良內心的疑問，渡海說道。

「那為什麼至今我們教學中心都不使用ＩＶＨ呢？很不可思議吧？因為那個就是老頭把我爸趕下臺的證據！」

嘶嘶作響的電吉他聲傳來，宛如曲線般的音階急轉直下，完美地幫〈聖甲蟲的眼淚〉做了收尾。

歌曲播畢，房間裡陷入一片寂靜。

渡海起身換了一張唱片，那是一首緩慢又柔和的抒情曲。這讓世良發現隱藏在自己內心的情感，因為〈狂想曲〉漸漸浮上心頭。渡海的聲音再度響起——

「我爸和老頭曾經合作得很愉快。那時佐伯教授還只是助理教授，但老頭就連要去國外參加國際學會發表時，都把工作交代給我爸，明明就是不同科的。沒想到，這份信賴反倒成了不幸的開端。」

渡海的眼中散發著異樣的光芒。

「老頭去西班牙的第三天，臨時有個什麼都沒交代的緊急病患被送來，那名病患之前因為克隆氏症導致腸胃穿孔，做了直腸切除手術。我爸在幫他看診的時候嚇了一跳，因為原本是以防萬一才替病患照了X光，結果你猜我爸從X光片上看到什麼？」

世良搖搖頭。

「病患的腹腔裡有一把被遺忘的，止血鉗。」渡海不吐不快地說。

水落冴子的歌聲，又細又長，漸漸地拉長形成顫音。

「您的父親最後怎麼了？」

渡海的眼神陰沉下來，他朦朧地看著世良。

「我爸認為必須馬上再幫病患動手術。但是，病患的主刀醫師那時卻在西班牙的鄉間悠閒地旅行。我爸無可奈何，只好向老頭的上司，也就是當時的教授報告這件事。你猜教授怎麼回答？」

一點頭緒也沒有的世良搖了搖頭，渡海看著他，冷冷地說道。

「教授說，佐伯老頭老早就跟他說過止血鉗忘在病患腹腔了。也就是說，他們都知道這件事，卻默許他隱瞞真相。」

世良感到雙腳不穩，腦海中的佐伯教授與他的白眉也漸漸扭曲起來。世良再度踩穩腳，開口說道。

「說不定有什麼理由。」

「把止血鉗忘在病患體內還加以隱瞞，這種事會需要什麼理由？」

世良沉默不語。渡海繼續說道。

「我爸不顧自己的立場，第二天再度向教授稟報這件事。大林教授起初本來不太想理我爸，但也漸漸被我爸的熱情打動，願意聽取他的意見。終於，他同意只要佐伯助理教授同意，就可以幫病人再度開刀。」

渡海點了一根菸，大口大口地將紫色的煙霧吸入，再慢慢吐出。

「當時要打國際電話沒這麼方便，只要有誰去參加了國際學會，通常都會因為無法直接聯絡到本人只好放棄。但這次是緊急狀況，所以大林教授也親自打了通電報給佐伯助理教授。老頭馬上就回了一封電報，那通電報被親手交到我父親手上，紙上似乎只有一行字『不可拿出飯沼的止血鉗』。」

——不可拿出飯沼的止血鉗。

世良將這句話記在心底。雖然無法相信佐伯教授會做這種判斷，但他也知道，這確實是事實。

「情況因為那通電報整個大翻轉。教授本來就是走學術研究的，對手術不太在行，所以只要有手術都直接交給佐伯老頭處理。因此雖說老頭是他的部下，但老頭說的話就是唯一真理。情況有了一百八十度大轉變後，教授就直接去找我爸的上司宇野教授抱怨。在當時、不對，就算是現在也是，我爸這種人根本是異類。事情發展至此，大學醫院為了保身只能快刀斬亂麻，不用多久，我爸就被調去縣外的相關醫院了。過了兩個禮拜，佐伯助理教授終於凱旋歸國時，代替我爸的新任講師也已經到任在跟大家問好了。我爸就這樣被……」

宛如配合著渡海心事收尾，〈狂想曲〉的歌聲也漸去漸遠。在歌曲響起最後一聲後，所有聲音與情感都被帶離這間房間。不知道又過了多久，世良才注意到黑膠唱片機一直在空轉的聲音。

渡海看著世良，嘆了一口氣。

「什麼嘛，我竟然跟世良小弟說了這麼多有的沒的，看來我也老了。」

「渡海醫生是在為我著想，才會說這些要我小心佐伯教授的。」

「呵呵，看來你也不完全是個少爺嘛！」

就在這時，天花板降下恬靜的旋律，那是下班時間的音樂。渡海收拾起唱片，乾脆地脫下白袍，換上夾克。就在他要走出房間時，又像是想起什麼似的，回頭問了世良一聲。

「怎麼樣啊世良小弟，要不要跟我一起去六本木？雖然只是一直在跳迪斯可而已。」

世良直盯著渡海，想也不想就立刻回答。「請讓我陪您一起去。」

渡海一臉驚訝地看著世良。

「我在研討會結束前這三天都會一直待在六本木喔！你如果不搭第一班車回來，就會趕不上早上的工作喔！」

世良點點頭。渡海繼續說道。

「而且還必須接待你最討厭的藥商喔！」

世良再度點了個頭，笑道。

「如果您不想帶我去的話，直說就是了。我只是因為您邀請我才誠實回答而已。」

渡海看著世良，賊賊地笑了起來。

「看來我又毀了一個前途有望的外科醫生。」

「請不用擔心，這點程度還沒辦法毀了我。」

「唉呦，長大囉！完全認不出來這是前不久還因為殺了人嚇得要死的菜鳥醫師啊！」渡海聽完大聲笑道。

渡海抬了抬下巴，示意世良隨自己去。世良脫下白袍，跟在渡海身後，小聲地嘀咕著。

——這個也好那個也罷，大家都受了渡海醫生的照顧啊！

隔天，世良一臉無精打采的樣子，比平常稍微晚了一點才出現在醫院大樓。夜班護士從世良身邊經過時，不禁皺起眉頭，她小聲地提醒世良。

「世良醫生，你全身都是酒臭味。」

「嗯？啊啊，不好意思，我昨天不小心喝多了。」

身為主要護士的她帶著輕視的眼神瞪了他一眼後，便去準備病人的早餐了。

世良發現正忙著工作的同儕北島，向他走了過去。

「我有件事想拜託你。」

北島一臉驚訝地看著他，回問道：「什麼事？」

「明天田村女士的手術，你是外圍的流動人員吧？」世良壓低音量說道。

「是這樣沒錯……怎麼了嗎？」

「可以讓我代替你嗎？」

「是可以啦，不過為什麼啊？」

「因為……就田村女士一直是我在照顧的嘛，她跟我說不喜歡臨時更換主治醫師，覺得很恐怖，所以才拜託我的。」

「騙人。」北島反駁道。「就是因為換了主治醫師，關川醫生昨天才又到田村女士那裡術前說明了一次。那時她可沒說什麼不喜歡。」

意料之外的發展。這麼一來，北島就會提高戒心了。

但更令世良意外的是，北島竟然乾脆地說道。

「算了，反正我也沒差，就跟你換吧！誰叫世良之前也幫我代班第二助手，算我欠你的。」

「Thank you，太感謝你了。」

北島一臉不可思議地說。

「主刀醫師或助手也就算了，你竟然是想當流動人員，看來你也改變了不少嘛！」

因為遲到而飛快奔向病房的世良，完全沒有聽到北島後來說了什麼。

世良一邊將點滴的針刺進病患的手腕，一邊回想昨晚發生的事情。七彩耀眼的燈光球、穿著紅黃藍色衣服在嘈雜的音樂中瘋狂跳舞的一群女生。

「怎麼樣？鮑伯頭、緊身連身裙，任君挑選！超爽的吧！」

世良接過玻璃杯，用不輸給周遭的音量大聲回答。

「還不錯！但在我喝醉之前，希望您告訴我一件事。」

渡海坐在包廂的椅子上，回答道。

「真是掃興的傢伙，什麼事啊？」

「後天的手術是不是會發生什麼事？」

渡海意味深長地笑了。

「到時候你就知道了。」

「到時候就太遲了。」

「你怎麼會這麼想？」渡海一臉明知故問地說。

「因為直覺一向很準的貓田主任說她這次不想遞器械。」

渡海看似對世良的回答一點都不在意的樣子。

「唉，看來就算告訴你那些醜聞，你對佐伯教授的忠誠心也絲毫不減呢？真是了不起啊！世良小弟。」

世良並不是在擔心佐伯外科的未來，他只是不想看到花房站在沾滿鮮血的手術區顫抖的樣子。發生意外的時候，一定會先指責職位較低的人。所以先嗅出事情不對勁的貓田，才會硬逼花房擔任遞器械的工作。他有預感那天會發生什麼事。

「世良小弟的忠誠心就先不管了，我稍微給你一點提示吧！其實我也不知道會不會發生什麼事，但既然你說小貓刻意迴避了，那就一定會發生什麼。說不定，會演變成最糟的情況。」

「到底會發生什麼事？」

渡海聳了個肩。「我也不好說，總之你到時要先掌握好高階的所在位置。另外，世良你也去當流動人員吧！這樣才能成為高階的眼睛和觸角。」

世良細細咀嚼著渡海的話，正當他想追問為什麼要做這些事時，兩名身穿紅色與粉紅色洋裝的女性，順著燈光球的光線與周遭的音浪闖入他們的包廂。

「兩位哥哥，不要一臉鬱悶地在這裡講話嘛！一起來跳舞吧！跳舞跳舞！」

女人將迷你短裙下露出的長腿靠在世良的手腕上。下一秒，世良便被扔入跳舞的人群中了。

第八章　燃火失敗　十月

十月十九日星期三，手術當天。

世良一大清早就去確認高階講師之後會待在哪裡。卻沒想到，他打聽到高階講師竟然要去教授辦公室，與佐伯教授兩人獨處一室。世良的腦中立刻浮現令人發寒的景象，讓他瞬間打了個冷顫。之後，他直接前往了手術房。

當他抵達手術房時，關川也正好結束病患的消毒。他一本正經地用無菌布蓋住患者的身體。關川瞄了一眼進到手術房的世良，什麼話都沒說，專心致志地建立著術野。世良目光一轉，便看到身材嬌小的花房正小心翼翼地將銀色器械排列在器械臺上。花房似乎也察覺到世良的視線，但目光一刻也沒從排好的器械上移開。

世良瞄向腳邊，貓田正坐在腳踏凳上打瞌睡。明明避開了遞器械的工作，卻還是以流動人員身分參加手術，這樣還是沒有逃跑成功呀！世良被她這種缺乏連貫性的行為弄得啞口無言。

關川戰戰兢兢地結束消毒，在第一助手垣谷的催促下，他站到了主刀醫師的位置。垣谷也接著站到他的對面，青木則站在手術區外拉勾，遠遠地確保自己在術野內的位置。

「那麼，麻煩各位了。」

隨著關川的手術宣布，眾人一同鞠躬。關川拿起手術刀，有些生疏地劃開病患的側胸腔。命運般的手術，揭開序幕。

五樓，佐伯綜合外科教學中心的教授辦公室裡，高階講師一面往佐伯教授正對面的位置坐了下來，一面咬著自己的指甲。

「看你一臉焦慮的樣子，優秀青年，你是在擔心手術嗎？」

佐伯教授愉快地微笑著。

「我這個人就是勞碌命，大家都在工作的時候，我卻在這邊納涼，實在不像是我的個性。」高階講師答道。

「你這種個性，要是將來當上教授可有得辛苦了。」

高階講師一聽，立刻露出滿意的笑容。

「哎呀，您打算讓我當上教授嗎？」

佐伯教授嘴角上揚。

「那就要看你日後的表現了。」

教授辦公室裡瀰漫著一股沉重又混濁的空氣。高階在毫無任何徵兆之下，突然想起當初得知玻璃是液體時的驚嚇。他感覺自己就像被關在沒有熔點的透明玻璃國度裡，悶得喘不過氣。

不知道又過了多久。

突然，就像要敲破這個冰凍世界一樣，辦公室的門被粗暴地打開了。世良大口地喘著氣，站在門外。他看著高階講師，一副走投無路的樣子，迫切地大聲喊道。

「高階醫生！不好了，請快點跟我走！」

高階講師立刻就要站起身，但佐伯教授卻在此時斥責他，制止他接下來的行動。

「不准去，優秀青年。」

高階講師回頭看向佐伯教授，佐伯教授緩緩地搖了搖頭。

「你記住，只要你踏出這裡一步，你就沒辦法再用那個玩具了。一旦走到那種地步，這間教學中心也沒有你的位置了。」

高階講師的身子又往沙發掉了下去，佐伯教授目光炯炯有神地說道。

「這樣就好，你曾誇下海口要將那個玩具推廣到全日本，難道你打算每次一有問題就要親自過去解決嗎？那是不可能的。」

佐伯教授注視著高階講師。

「你只能待在遙遠的辦公室裡，獨自承受這樣的結果。」

「高階醫生，您還在幹什麼！快點！大家都在手術室裡等著您。」

儘管世良在旁催促著，高階講師卻只是一臉茫然地看著世良。兩人之間像是隔了一塊玻璃，高階就這樣孤零零地從另外一個世界看著世良。

「你沒聽到佐伯教授的話嗎？我要在這裡等待手術結果。」

「您到底在說什麼？」

世良沒想到高階講師竟會這樣回答他，讓他不知道該怎麼回應。

世良直盯著高階講師，但他毫無反應，只是茫然地搖了搖頭。他就像一副空殼，眼看就要變得透明，消失在這個世界。再這樣下去，高階講師就要離我們遠去了。

世良被自己的預感嚇得抖了一下。

在他還來不及思考時，身體已經先動了起來。世良踏進教授辦公室，瞄準沙發前方的桌子邊緣，抬起腳用力地往那裡一踢。

清脆的聲音響起，玻璃製的菸灰缸隨之破碎。高階講師抬起頭來看著世良，佐伯教授也因此瞪大了眼睛。

世良彎下腰來喘氣，俯視佐伯外科的兩大權威。接著，他抓住高階講師的手腕，用力擠出話來。

「高階醫生對我說過不准辭掉外科醫生吧！就算病患在自己面前死去也不准逃跑、不准移開視線！您是這樣說的吧！」

世良呼吸急促地看著高階講師，他的眼神閃閃發光。

「我遵循著醫生您的教誨，我是一名外科醫生，只要能將病患從鬼門關拉回來，我會排除萬難試盡所有方法。現在遇到的是只要醫生您一來就可以解決的問題，所以我死也會把您拖去手術房！」

世良激動地叫道。

「我不會辭掉外科醫生，怎麼可能辭掉啊！但是我也絕對不想看到病患在自己面前死去！」

高階講師看著被世良抓著的手腕。漸漸地，他的臉色恢復紅潤，目光也炯炯有神起來。本來因固執而僵硬起來的身子，也因此放鬆下來。

高階講師呼地大口吐了口氣，他倏地站了起來。

「世良，把事情發生經過都告訴我吧！」

佐伯教授看著毫不猶豫走向門邊的高階講師，他向高階的背影喊道。

「你還是要過去嗎？優秀青年。」

佐伯教授抱起胳膊，凝視著兩人之間的一舉一動。

高階講師將手放在門把上，停住腳步。他頭也不回地說。

「我要過去，因為我是一名醫生。」

在飄揚的白袍下襬映入眼簾的下個瞬間，高階講師便從佐伯教授的視野中消失了。被兩人拋下的佐伯教授將手肘放在桌上，像在練習彈鋼琴的基礎指法，讓指尖遊走在桌面上。他往敞開的窗外看過去。

突然，他站起身走向窗邊，從高處眺望著櫻宮市的街景。

佐伯教授打了一個小哈欠，哼的一聲從鼻子發出冷笑。

高階一邊快步下樓，一邊問向身後的世良。

「到底發生什麼事了？」

「『Snipe』出現故障了。」

高階講師在樓梯平臺止步，回頭看著世良。

「你說故障是？」

「縫合結束後，竟然只看到一個圓芯片。」

高階講師嘖了一聲。

「那不是故障，是人為操作有誤。」

他如此斷言後，一口氣衝下螺旋狀的樓梯，將有飛毛腿之稱的後衛世良遠遠拋在後頭。世良瞬間愣了一下，接著才回過神來跟著追上去。

手術房門一開啟，便見到主刀醫師關川正在怒罵著負責遞器械的花房。花房低著頭，眼睛紅腫。垣谷站在兩人身邊，彷彿完全沒聽到任何聲音般，一臉著急地盯著病患的體內深處，試著釐清目前的狀況。

高階講師與世良一進到手術房，所有人的視線立刻集中在他們身上。高階講師沒有多看周遭一眼，快步走向被隨便丟在藍色無菌布上的「Snipe」殘骸。他戴上貓田遞過來的拋棄式手套，檢查起「Snipe」的槍口。

高階講師抬起頭，自顧自地說起來。

「果然沒錯，嗯。」

他看著主刀醫師關川，說道。

「這並不是機器故障，是操作有誤。我不是說過，吻合之前要先確認食道和小腸的切口之間有沒有殘餘雜物嗎？你們都忘了嗎？你看，卡到紗布的碎片了。」

關川眼神空虛地看著高階講師捏在手上的紗布碎片。高階講師將目光移到第一助手垣谷身上。

「垣谷醫生，找到吻合不全的地方了嗎？」

垣谷抬起眼睛，輕輕地搖了搖頭。高階講師立刻表示。

「我知道了，讓我來。世良也去刷手來當助手。」

高階講師和世良奔向刷手區，貓田主任不動聲色地跟在兩人身邊刷起手來。

「你們也太慢了。」她看也不看兩人，自顧自地說。

「妳要協助我們嗎，貓田主任？但我聽說妳不願意在這場手術中擔任遞器械的工作。」高階講師一臉驚訝地問道。

「因為，真正的手術現在才要開始不是嗎？我才沒空幫二流手術。」貓田主任邊打哈欠邊說道。

高階講師的表情瞬間有了一些變化，但馬上又將注意力放回刷手上。刷手區後方，護士們早已準備好手術衣與手套，等待著他們三人。

回到手術房後，高階講師對關川說道。

「辛苦你了，接下來請關川跟青木都先下去吧。」

「但是……」

高階講師以告誡的口吻說道。

「不管是誰都會犯錯，更何況這是你們第一場手術，我不會因此責備關川你的。應該要被責備的人是被佐伯教授的巧言所誤，竟然允許經驗不足的你們動這場手術的我。」

關川就像從手術區崩落一般，往後退了一步讓出道路。

高階講師走向主刀醫師的位置。貓田主任點了幾下花房的右手腕，一言不發地暗示她。花房淚眼汪汪地看著貓田，虛弱地讓出自己的位置。世良站在腳踏凳上，接手助手的工作。手術區的醫護人員除了垣谷，其他人都被換掉了。

「現在情況緊急，接下來就不說敬稱了。」高階講師宣布。

高階講師才剛對貓田下指令「3-0 Vicryl 縫線」，貓田也在那瞬間將持針器遞上。

「垣谷，保持手術視野，世良，好好拉勾。」

大家努力地跟上高階講師接連不斷的命令，專心致志地協助他。高階的雙手在手術視野裡縱橫無盡地移動，手法快速到世良覺得自己好像看到他的手臂殘影。三頭六臂指的就是這種畫面吧！世良心想。

——這就是阿修羅。

與術野保持一定距離的世良，腦中突然浮現出清晰的光景。那是原本沉睡在病患體內受了傷的內臟，轉眼便恢復正常律動的畫面。

青木將恢復意識的田村洋子女士帶離手術房。關川回頭看向高階講師，敬了個禮，一句話也沒說便離開了。

「非常不好意思，主刀醫師的失誤就是第一助手的失誤，如果我再小心一點，就能避免這次的事故了。」垣谷對高階講師說道。

「該反省的人是我，佐伯教授說得沒錯，傳授技術是非常困難的，因為已經很擅長開刀的人，並不曉得一般人容易在哪裡犯錯。」

最後幾句就像在自言自語。

「嗯，沒辦法在事前先調查術後恢復能力嗎？必須快點檢討教育系統的確立……」

自言自語結束後，高階講師苦笑著說。

「這是我在下個醫院必須好好思考的事。」

高階講師注視著垣谷。

「這次關川的態度也有一點問題，我指的並不是手術失敗的部分，而是他在那之後的處理方式。他責罵遞器械的護士了吧！」

高階講師瞄了一眼站在房間角落的花房，她的眼睛還紅通通的。

「主刀醫師要有擔負起整場手術責任的覺悟，絕對不能把責任怪在底下的人身上。我現在不是在追究你們手術失誤，因為這是第一助手垣谷醫生的工作。」

「我會好好反省的。」垣谷點頭稱是。

垣谷離開了手術房之後，穿著綠色手術衣的藤原護理長走了進來。她面無表情地告知高階。

「佐伯教授打了內線電話，請您回去教授辦公室一趟。」

高階講師點了個頭，撕下紙製的拋棄式口罩。

他一邊脫下沾滿鮮血的手術衣，一邊回頭笑著對世良說。

「剛剛真是謝謝你了，我只顧著糾結眼前的小事，差點失去重要的信念。」

高階講師的眼色深邃起來。

「世良，謝謝你讓我能夠毫無怨悔地離開，要是我剛剛沒有趕過來的話，一定一輩子都會……」

世良覺得自己必須說些什麼挽留即將離去的高階講師。

但一看到高階講師那張泰然自若的笑臉，原本想說的話便如肥皂泡泡般，輕輕一彈就消失了。

「高階醫生。」

世良好不容易才擠出一句話，但高階講師的身影早已消失無蹤。

「你們動作要是再慢一步，就真的會被打倒了。」藤原護理長像是在對空氣說話般。

「沒問題的，就算真的發生什麼事，也還有渡海醫生在。」貓田主任走近藤原護理長，開口說道。

世良回過頭來。

「渡海醫生現在正在六本木盡情玩樂喔！」

貓田主任輕輕地笑了起來。

「世良醫生，渡海醫生是絕對不會放過這種機會的。」

世良愣了一下，陷入沉思，接著他馬上理解貓田話中的含義，急著跑出手術房。他稍微瞄了一下後頭，只見哭紅眼的花房正在注視著世良。

世良避開那個視線，直往手術室的外科休息室奔去。

世良站在休息室門口，聽到裡頭傳來的抒情曲旋律。他將門敞開。只見渡海正躺在裡頭的沙發上，他高舉著手，透過天花板上的燈端詳著手中的X光片。聽到開門聲後，渡海將視線從手上的資料轉移到世良身上。

「喔！手術平安結束了嗎？看來我的預感出錯了。」

「您不是要參加研討會嗎？」世良呼吸急促地問道。

「因為那些發表太無聊了嘛！我就讓山楂包車送我回來了。要我在那邊聽他們發表，還不如回來聽〈狂想曲〉妄想比較自在。」渡海輕笑著回答。

世良精神抖擻地敬了個禮。

「渡海醫生，非常感謝您。」

話一說完，世良再度飛奔離去。

渡海坐起上半身，看著世良離去的背影。他再度躺了下來，將手臂枕在頭下，看著天花板呵呵地笑了起來。

「小少爺這樣想會讓我很困擾的，我明明什麼都沒做。」

渡海再次舉起手上的X光片，透過天花板上的燈端詳著。X光片上印著病患的名字，飯沼。

渡海小聲地哼著〈狂想曲〉的其中一小節，那是一首緩慢的抒情曲。

佐伯教授站在窗邊眺望著櫻宮市的街景。高階講師在他身後的沙發坐了下來，開口報告。

「手術平安無事結束了。」

「辛苦了。」佐伯教授回答。

「另外，請允許我再待兩個月，我會在明年以前找到新的工作。」

佐伯教授回過頭來。

「你在說什麼啊優秀青年？你想辭職嗎？」

高階講師頓時愣了一下，他看著佐伯教授，開口問道。

「您說這話是什麼意思？」

「這次採用一般手術，成功進行了下食道切除術。辛苦你了。你已經充分證明了你的能力，就算不用那個玩具也沒關係。」佐伯教授抱起雙臂，閉上眼睛，平靜地訴說。

「您到底在說什麼？那些只是為了補救用『Snipe』進行機械吻合時產生的失誤而已。」

「你沒在聽我說嗎？這次的手術是普通的手術才對。」

高階講師看著佐伯教授的白眉，就像要將對方看穿一般。許久，他才終於開口說道。「原來如此，原來是這樣啊……」

佐伯教授撲通一聲坐在黑色的椅子上，繼續說道。

「我們佐伯外科絕對不會出現失誤，今天也按照計畫，成功完成了手術。是這樣沒錯吧！優秀青年。」

「……是，是吧，我不記得了。」

「沒關係，健忘也是教授必須擁有的特質。」

「什麼？您是說不裝傻就沒辦法當上教授嗎？」

佐伯教授放聲大笑。他笑了好一陣子才再度起身，走向窗邊。

「優秀青年，過來這裡。」

高階講師走向窗邊。成排矮房連綿不絕的前端，劃出了一條銀光閃閃的水平線。佐伯教授指著成排的屋子說道。

「你只看到那條閃閃發光的水平線，但我視為對手的卻是水平線前方，那些雜亂無章的屋瓦。只顧著往前看，會讓別人有機可乘的。」

高階講師看著身邊的佐伯教授，一句話都說不出來。佐伯教授說道。

「你說過只要將那個玩具推廣到全日本，外科的世界也會更加廣闊吧！」

高階講師點頭。佐伯教授繼續說道。

「你的企圖正是你的破綻。想要提高那個玩具的普及率，必須先有可以補救像今天這種失敗的外科技術。但一旦這個玩具普及化，便會奪走大家向外科醫生學習技術的機會。這種自相矛盾的事你打算怎麼處理？優秀青年。」

高階講師從口袋裡拿出香菸。

「可以抽一根嗎？」

佐伯教授點頭示意。高階講師點燃菸，深深地吸了一口，再慢慢將煙吐了出來。他看向窗外。

兩人一言不發。許久，高階講師才自顧自地嘟囔一句。

「就算那樣，我也還是想一直往那條水平線前進。」

他轉身面向佐伯教授。

「我目前還不知道要怎麼回答教授的問題，但是我相信，推廣『Snipe』是我的使命。」

佐伯教授看著高階講師，接著又再一次看向窗外。

「優秀青年，你運氣滿好的。那個時候，要是那個一年級的小子沒跑過來罵醒你，現在你大概也不會在這裡了。」

高階講師瞪大了眼睛。佐伯教授往桌上扔了一本小冊子，高階講師將那本冊子拿起來快速翻閱。

「醫院院長選舉事項……這是什麼？」

「我打算要當院長。」

高階講師看著佐伯教授的側臉。

「你來幫我選上醫院院長，這是你可以留在這間醫院的唯一條件。」

高階講師聳了個肩。

「也就是說，您要我當您的參謀吧！但我總覺得渡海醫生比較適合這種工作。」

「我信不過那傢伙，不曉得他哪天要算計我。」佐伯教授注視著不斷繚繞上升的煙霧，輕輕地說道。

「為什麼渡海醫生要算計教授您呢？」

經高階講師一問，佐伯教授瞇細了雙眼。

「因為這間老舊的教室裡，曾經發生過一些事情。你們這些小毛頭不明白的。」

高階講師將手中的菸抵在破碎的玻璃菸灰缸上捻熄。

「怎麼樣？做還是不做？」

高階講師嘆了一口氣。

「沒辦法，我做，雖然我沒有很喜歡這個工作就是了。」

「還是老樣子，嘴巴不饒人的傢伙。」佐伯教授抬起白眉，輕輕地笑道。

陰沉沉的天空，將兩人正在眺望的窗面染上一片灰濛，更加映襯了那條閃閃發光的水平線。

第九章 準備 十一月

十一月上旬，赤煉瓦棟在周遭的金黃色銀杏包圍之下，開始了醫院院長選舉。候選人分別為第一內科教學中心的神林三郎教授、皮膚科教學中心的中村貞夫教授，以及綜合外科教學中心的佐伯清剛教授，共三人。

就三位的風評而言，最受眾人擁戴的是佐伯、與之抗衡的是神林，中村則最不被看好。但也有傳言表示，中村說不定會爆冷門當上院長。第一內科教學中心的神林三郎教授是治療風溼病的權威，前年才剛卸下日本內科學會總會會長的重責大任，在學術方面的成就凌駕於佐伯教授之上。但東城大學醫學部長年都將佐伯教授的一言一語信奉為聖經，因此沒有半個人認為神林教授較占上風。

佐伯教授的弱點顯示在學術方面。他一直以來都看重外科手術實戰而輕視學術發表，但目前也持續在改善這項弱點。

他在半年前從帝華大學招聘了高階講師，又使用了最新開發的食道自動吻合器「Snipe AZI 1988」進行手術，在外科學會中備受矚目。不但扭轉原本的劣勢，還展現了壓倒性的成就。

接著他又獲邀在十一月中的「國際外科論壇一九八八」發表演說、並計畫在明年春天的日本外科學會上舉辦「食道癌治療的新世紀」研討會。對於佐伯教授在本來不擅長的領域裡來勢洶洶的連續攻擊下，對手第一內科教學中心——神林三郎教授陣營則顯得無力招架，幾乎要舉白旗投降的程度了。

基於以上原因，在院長選舉結果出來前，已經有人開始私下討論，下任院長當選人應該堅若磐石般確定了。

十一月七號星期一，一大清早的術前評估會議難得充滿朝氣。主要是因為從暑假進到秋天這段期間，原本人手不足的情形也差不多走向尾聲。但最大原因還是醫院早在兩個禮拜前，就已宣布所有醫生都必須出席今天的會議。

為什麼剛好輪到我負責報告呢？世良坐在這些經驗豐富的前輩面前，在心底抱怨連連。

會議理想般地達到全員出席的目標，就連平常絕對不會在會議上露臉的渡海也坐在會議室後方，一臉無聊地彈著手指。

話雖如此，世良需要報告的病例也只有戶村義介一名病患而已。

相較於心底的牢騷，世良在這半年已經成長許多，就算站在這些權威面前，也能絲毫不顯怯懦，大大方方地進行發表。

「根據上述原因，手術體位將採側臥位，併行左胸腔橫膈膜切除術。重建內臟為空腸，並使用『Snipe』進行食道空腸吻合。」

世良一結束報告，高階講師便直接站起身。

「我會在這次手術擔任第一助手，主刀醫師預計請關川醫生擔任。」

會議室裡飄浮著不安的氣氛，關川因此縮了縮身子。高階講師露出微笑說道。

「關川醫生一定做得到。」

「雪恥戰嗎？」

黑崎助理教授小聲地嘟囔。他輕咳了一聲，開口問道。

「這張胸部CT中，肺部右半邊的肺尖部似乎有塊小陰影。」

世良在心中為黑崎助理教授的眼力感到佩服，他回答道。

「非常抱歉，我忘記說明這點了。關於這邊的陰影，已經請教過肺部外科的木村教授了，確定是肺結核。」

「木村教授啊……」

黑崎助理教授的語氣似乎有了些許微妙的變化。世良這才想起，聽說木村教授和黑崎助理教授一直是水火不容的狀態。當時還是助手的木村教授雖然優秀卻非常自傲，在佐伯外科中算是非常優異的存在。但他不滿足於現狀，最後終於離開佐伯外科自立門戶。前年高野助理教授率領神經外科獨立可以說是迫於現實無奈，但木村助手的胸腔外科獨立宣言，卻讓醫院這邊感到晴天霹靂，引起正反兩方的辯論。

結果木村助手如願以償地打著三十五歲的教授名號，一躍成為媒體新寵兒。在那之後過了兩年，現在胸腔外科已經是東城大學的招牌教學中心之一，也是導致小兒外科在去年獨立的重要因素。

「有做氣管支鏡檢查嗎？」

「木村教授說沒必要。戶村義介先生在確定罹病後，一直都有按時到胸腔外科進行追蹤。這兩年來，他胸部的陰影都沒有什麼變化。聽說他剛到胸腔外科初診時，Gaffky[18]就已經顯示為陽性，抗酸菌染色檢驗也確認罹患ＴＢ（結核病）。」

世良想起在諮詢木村教授時，對方曾不懷好意地說。

——反正那隻黑鰻魚一定會在那邊說要做氣管支鏡檢查，他要是真那麼說的話，你就直接回答他『木村教授看過所有檢查報告後，判斷不必要再做氣管支鏡檢查』，這樣說知道嗎！

世良真想狠狠地敲自己的腦袋，他不僅忘了告知重要資訊，到頭來還要由黑崎助理教授本人指出這點，自己真是個大笨蛋。幸運的是，大概是因為自從雙方不合也已過了兩年，黑崎助理教授似乎不再將那些事放在心上，所以也沒有再追問世良什麼。世良在心中鬆了一口氣。

18 肺結核 Gaffky 分級法，可以知道咳痰中的結核菌含量。

就在那時，會議室一隅傳出佐伯教授沉穩的聲音。

「世良報告得越來越順暢了。話說回來，目前用那個玩具動過幾次手術了？」

世良立刻回答。「十二次。」

「原來如此。也就是說這半年，我們醫院都是採用『Snipe』進行食道癌手術囉……」佐伯教授自言自語地說。

不久，他緩緩睜開白眉下的雙眼，開口問道。

「上次那場手術沒算在內吧？」

世良突然心一驚，支支吾吾地回答道：「不、那個、呃……有包含在內。」

世良低下頭來。這時，會議室裡響起一聲清爽的聲音。

「世良說得沒有錯，目前為止，我們教學中心確實進行過十二場『Snipe』手術。」

佐伯教授抬起左半邊的白眉。高階講師挺起胸來，正襟危坐地繼續說道。

「田村女士的手術也是適用『Snipe』的病例。另外，十二場手術中，有一場出現了人為疏失，但目前都沒有出現 Leakage 的案例。」

「你打算在明年春天的外科學會研討會上提到那場失誤？」

「這是當然的，我們東城大學醫學部的官方發表，將會成為日本使用『Snipe』的先鋒，所有的資訊都得鉅細靡遺地報告才行。」

佐伯教授直直地盯著高階講師。

「明明不說就沒人知道，你卻要在眾目睽睽之下揭自己傷疤，真是個怪人。」
接著他又嘟囔了一聲：「算了，你想怎麼做就怎麼做。」
佐伯教授環視周遭。
「還有其他問題嗎？」
確認大家都沒有問題後，佐伯教授宣布道。
「那麼，戶村義介先生的手術成員如下：主刀醫師關川、第一助手高階、第二助手世良。禮拜五有『國際外科論壇一九八八』的演講，我會帶不少人過去，只留一些人在這裡。」
高階講師環抱起兩隻手臂，點了個頭。佐伯教授瞇細了雙眼，說道。
「要是又發生上次那種鬧劇，我會很困擾的。」
高階講師抬起頭，回答道。
「請您放心，我不會再讓那種事發生的。」
佐伯教授站起身。
「那現在開始進行預演，垣谷，簡報。」
窗邊的遮布被拉上，簡報被投影在白板上。世良呆呆地注視著從投影機發出來的光線上閃閃發光的灰塵。
佐伯教授難得親自上臺發表，以致會議結束時，大家的心情都還十分激昂。

世良正要離開位置時，突然有人從背後敲了幾下他的肩膀。

「世良小弟，真可惜啊！」

「咦，什麼？」

世良回頭過去，渡海笑著說。

「要是教授有點名你一起去，你就可以享受到酒池肉林了。」

「那種事有沒有都無所謂。」

「那是因為你不知道情形才會這樣說，極北擺出來的盛宴可不得了喔！光生魚片的厚度就跟本州這邊不一樣。螃蟹、蝦子、章魚、海膽、鮪魚、鮭魚卵，根本就是海底饗宴啊！」

世良的腦中瞬間浮現載滿一整船的生魚片，他吸了吸口水，好不容易才擠出一句。

「話說回來，渡海醫生也是極北大畢業的吧！沒關係，那種事不太適合我。」

「你還真是無欲無求啊！明明你就有資格享受那些的，簡報也是你一個人完成的吧？」渡海一臉訝異地說。

「那只是其他人把要請渡海醫生做的事塞給我而已。」世良回答。

佐伯外科的學會簡報從前都是請精煉製藥一手包辦，但現在當然是改請山楂藥品處理。山楂藥品還是新公司，認識的醫生不多，也沒料到會有這麼多雜事，只好把那些工作都轉交給雙方之間的重要橋梁渡海。

平時機警的渡海，也沒想到竟會演變成這種情況，但向來算無遺策的他，馬上又順勢將山楂的相關工作全部委任給世良了。世良原本想要拒絕，但渡海在他耳邊悄悄地說。

——我要把你在六本木跟緊身衣姊姊們的事都說出來喔！

做這種事倒是挺擅長的。世良心不甘情不願地接下那份工作後，高階講師又在知道這些事情的前提下，拜託世良製作簡報。

「渡海醫生才是，不能一起過去應該覺得很可惜吧！」

世良才剛反擊完，渡海便笑著回答。

「笨蛋——！我只接受『一對一應酬』，要一邊看老頭的臉色一邊喝酒，這種事我才不幹！」

說得也是，世良在心中表示贊同。渡海繼續說道。

「而且這種千載難逢的機會，酒池肉林算得了什麼！」

這時，世良因為醫院護士的呼喚回過頭去，沒有注意到渡海在說最後一句話的瞬間眼神轉為黯淡，散發著異樣的光芒。

「辛苦了，優秀青年。」

佐伯教授站在窗邊說道，高階講師則坐在沙發上回答。

「小事，那是因為佐伯外科本身表現就很優異，只要內容充實，學術發表這種事根本算不了什麼。」

在佐伯教授的許可下，高階講師點了根菸，從香菸菸頭冒出的煙不斷往天花板飄去。

「而且簡報我是請世良做的，讓我輕鬆不少。」

佐伯教授走向高階講師對面的椅子坐下，高階講師繼續說道。

「話說回來，您能獲邀在國際外科論壇上發表演說，真是太厲害了！而且世界頂尖的外科醫生希金斯教授也將上臺演講。也就是說，這次論壇將會有兩名食道癌治療的世界頂尖名醫在臺上一較高下。」

佐伯教授露出微笑，說道。

「國際論壇只有名字好看而已，不過就是成果發表罷了。只有半天或一天的話，不用簡報也可以講。比起那個，醫院院長選舉的狀況怎麼樣了？我比較擔心這部分。」

「請放心，我有相當的把握。」

高階講師捻熄手上的菸，從口袋裡拿出筆記，再將身子微往前傾，開始報告。

他一邊指著筆記上的教授名字，一邊說明。

「我已經跟從綜合外科獨立出去的神經外科高野教授、胸腔外科木村教授，以及小兒外科齋藤教授約好了，他們當然都會投您一票。雖然我們的對手，第一內科神林教授曾經擔任過日本內科學會總會會長，也稱得上是風溼病權威，但風溼病再怎麼說都只是冷門的醫療專科。另外，消化系統內科和呼吸道內科，這些跟我們外科關係良好的內科我都去打過招呼了。」

「手腳真快，真不愧是能說又能幹。」

「這是因為佐伯教授平常就很會做人。換作是朽木，佛也不可雕也。」

佐伯教授抬起白眉，看著高階講師。

「夠了，你不適合講這種拍馬屁的話。那Orthopedics（骨科）那邊怎麼樣？」

高階講師的眉毛稍微動了一下。他沉默了半刻，接著低下頭說道。

「非常抱歉，骨科野中教授那邊的交涉失敗了。」

佐伯教授哼的一聲，從鼻子發出冷笑。

「Orthopedics原本就跟免疫風溼科關係不淺，而且我跟野中關係也不好。」

「就是因為這樣才更要在這裡奪標，這樣才能顯現我私下拉攏的功夫。」

「沒關係，我並不是要壓倒性獲得順利。只要能贏，就算只差一票也無妨，所以你要好好確認已經到手的票不會跑掉。」

高階講師直直地注視著佐伯教授，立刻回答。

「我明白了。那麼，我也有一個請求。」

「說吧！」

「在這段期間發生醜聞可是大忌。對方目前處於不利的狀況，很有可能會利用您周遭發生的事，甚至是金錢糾紛來影響選舉，請務必小心。」

佐伯教授點了個頭。

「這點倒不需要擔心，我的家庭背景平凡，到了這個年紀也沒有發生緋聞的對象，孩子們也都從大學畢業不需要我操心了。唯一不確定的只有跟醫療相關的醜聞吧！」

佐伯教授盯著高階講師說道。

「禮拜五的手術，給我好好注意。要是這時突然冒出什麼醫療糾紛，一定會成為我的致命傷。」

「我會牢記在心的，但是……」

高階講師對佐伯教授說道。

「我之所以這麼做，並不是為了教授的院長選舉，而是為了病患。我一直以來都只會為病患盡心盡力。」

佐伯教授看著菸灰缸裡被捻熄的菸，煙圈從菸頭飄出，緩緩上升。他嘟囔道。

「你要是能忍住不說這些廢話，早就已經升官了吧！」

佐伯教授轉向高階講師說道。

「看來我是撿到寶了，為什麼西崎會願意給我這麼有才能的人？」

「就是因為有才能啊……」高階講師絲毫不介意佐伯教授的挖苦，他若無其事地回答。

「帝華大學並不會槍打出頭鳥，而是會直接捨棄他們。因為我們這種人很容易惹得上頭不開心，對吧？」

「我聽說你在厚生省也有認識厲害的角色。」

「您是在說坂田吧！他並不適合當官，現在也是在坐冷板凳。因為聽命於有名無實的室長，對我而言是還滿方便的存在。在申請『Snipe』許可時，他雖然一直發牢騷，但還是幫我做了許多事。」高階講師回答。

「原來如此，難得你建立了這麼不錯的人脈，沒想到卻是物以類聚。看來你這種人，終歸是無法在官僚養成大學的帝華大學裡當上教授的。」

「就算您明白了這些有的沒的，也沒什麼意義啊。剛好，我也有事情想請教佐伯教授。」高階講師一臉厭倦地說。

什麼事？佐伯教授用眼神催促他回答。

「佐伯教授為什麼想當上醫院院長呢？」

佐伯教授目不轉睛地盯著高階講師，聳了個肩後說道。

「這種問題按常理去推敲就知道了。既然當上教授了，下個目標當然是院長，這不是理所當然的嗎？」

「是的，的確是這樣。如果是一般人當上教授的話，當然會這麼想。但回頭去看佐伯教授過去的行事風格，總讓人覺得您參選院長的動機並不單純……」

「為什麼？」

「佐伯教授一直以來都對學會與醫院內部的權力鬥爭沒興趣，只要是跟手術無關的事情，總是馬虎應付，簡直就像要不斷降低自己的影響力一樣。教授之後便是院長，有這種想法的教授一點也不稀奇。但如果是這種人，至少不會馬上就推掉外科學會總會研討會的主席，也會大力爭取可以些許提升自己名氣的工作。想要不斷往上升官，才是這種人的共同心理。」

「像帝華大學外科教學中心的西崎教授那樣？」

對於佐伯教授的回擊，高階講師笑而不答。

佐伯教授站起身，走到窗邊。他眺望著窗外的迷人風景，好一陣子才回頭問道。

「優秀青年，你聽過菲爾紹這個人嗎？」

怎麼突然提到這個？高階講師雖然在心裡這麼想，但還是點頭答道。

「您在說的是普魯士、也就是德國以前的偉大病理學者吧？這對醫生來說是常識吧！胃癌病患中，經由胸管轉移產生的左側鎖骨上窩淋巴結，也是因此被命名為菲爾紹淋巴結的。」

「那你知道俾斯麥嗎？」佐伯教授繼續問道。

「這次是大學入學考的題目嗎？我只知道一般人知道的部分。我記得他被叫做鐵血宰相，是德意志帝國在建國時被寄予厚望的政治家，擅長施展鐵腕手段。」

「不愧是能夠考上帝華大學的優秀人才，一般常識還算可以。但我接下來要說的部分，就不曉得你會不會知道了。」

佐伯教授再次看向窗外，他開口說道。

「菲爾紹跟俾斯麥兩人曾經是政治對手，爭奪過普魯士的宰相寶座。」

「是這樣嗎？我完全不曉得這回事。」高階講師因驚訝而提高聲調。

「在普魯士議會中，菲爾紹最後僅以幾票之差敗給了俾斯麥。之所以會輸，並不是因為他在政治方面的表現不如俾斯麥，而是因為俾斯麥掀起叛變。也就是說，他成了反動力量的革命家。儘管如此，我有時候都會幻想著，如果那時是菲爾紹贏得宰相，或許日本的醫療也會跟現在大不相同吧！」

「國外歷史的改變，對於當今日本的影響有這麼大嗎？」

經高階講師一問，佐伯教授點了幾下頭。

「當初菲爾紹的政見是擴充醫療系統與發展公共衛生。眾所皆知，近代日本在萌芽階段時，除了醫學，還仿效了德國的社會制度。換句話說，『要是』當時是菲爾紹贏得政權，對現今日本的醫療絕對影響甚遠。」

「也就是說，想讓醫療走向更好的未來，就必須涉及政治囉！」

佐伯教授聽完高階講師的結論，抬起白眉。

「我都講到這種程度了，你竟然只能做出這種結論，真是讓我失望。難得你身為綜合外科教學中心的接班人。」

佐伯教授望向一臉吃驚的高階講師，低聲說道。

「接在我之後的下一任教授就是你了，優秀青年。」

「啊啊啊？」

高階講師因為驚訝而提高了音量。

「您怎麼突然說這些莫名其妙的話？黑崎助理教授不是還在嗎？」

「他是總有一天會拋下綜合外科教學中心的人。」

高階講師閉口不語。想不到佐伯教授連如此忠誠的黑崎助理教授都看得如此透徹。醫院裡確實有流傳過類似的謠言，但就連高階講師都只把那些當作是空穴來風的小道消息。

「那渡海醫生呢？」

佐伯教授搖了搖頭。

「那傢伙是不可能的，渡海並不是醫生，他只是手術專職人員罷了，沒辦法成為外科教學中心的領導人物。」

接著，他又小聲地補充了一句。

「而且渡海對這種事也沒興趣。」

高階講師將兩手交叉於胸前，陷入沉思。

「這可真傷腦筋啊！」許久，他才開口說道。

「什麼東西？」

「我對這裡並沒有這麼忠誠。」

佐伯教授挑起白眉說道。

「你保持現在這樣就好了，優秀青年，要是你把剛才說的那些當作是我跟你約好的，我才會覺得很傷腦筋呢！剛才那些話並不是我想說的話，是上帝讓我說的。如果我可以暢所欲言心中的想法，我死也不會說出剛才那些話的。」

接著，他又補充了一句。

「說不定哪天我心境一轉，就聽不到上帝的聲音了。到了那個時候，我絕對不會做出這種決定。」

高階講師聽完露出笑容。

「聽您這麼說我就放心了。那麼，我會盡全力幫助您登上院長的。」

「我只對你說實話，我之所以要競選醫院院長，還有另外一個理由。那就是越接近頂端的人就越自由。一旦自由了，底下那群人就無法對我說三道四了。自己爬得越高，就能降低比自己笨的那些人往上爬的機會。我就是為此才想當院長的。」

佐伯教授語氣一轉，以告誡的口吻對高階講師說道。

「我會帶走醫院八成的醫生去極北市待上三天，參加當地的國際研討會，順便在那裡進行明年春天的外科學會預演。留在這裡的人有你、渡海、關川、青木、世良五人，除了預定的手術，其他手術都不准進行。」

佐伯教授凝視著高階講師，接著宣布道。

「我不在的時候，醫院的負責人就是你了，高階。」

高階講師像在領旨般，恭敬地點了個頭。

在此同時，世良正在和北島交接醫院的病患。

「然後，廣田先生後天就會出院，出院時要記得將處方箋夾在病歷裡喔！」

世良點頭，北島滿臉笑容地說道。

「看家的工作就拜託你囉！」

「我知道了，只要你用一隻螃蟹來換的話，我會好好做的。」

「只要一隻就好了嗎？」

「哦！還真乾脆啊，北島。」

「廢話！」

「這三天兩夜的研討會，晚宴都是由不同藥商的業務安排的！壽司、螃蟹火鍋、成吉思汗羊肉鍋、河豚……充滿豪華料理的饗宴啊！」北島壓低音量繼續說道。

世良吞了一口口水，回想起渡海當天的玩笑話。

——果然很難受啊！

「你就好好玩吧！我也會盡到外科醫生的本分，在這段時間裡好好磨練自己的技術的！」世良重新打起精神，逞強說道。

「世良就算了吧！雖然被留下來看家，但至少還刷手參加過食道癌手術。我咧？連手術都無法參加，真正需要磨練的人是我才對吧！」另外一名也被留下來的一年級生青木開口說道。

「好，從今天開始，就將青木跟世良命名為『佐伯外科衰人二人組』！」北島笑道。

話一說完，青木立刻將北島的頭夾在自己腋下。

「北島——！我要螃蟹蝦子章魚還有鮪魚！」

「啊！我投降我投降、我知道了啦！」因開口求饒被放開後的北島似乎還沒學乖，他轉而一派悠閒地說：「鮭魚卵和海膽還有比目魚，沒有也沒差吼！」

青木露出一臉不爽的表情回應北島的話。

十一月十日星期四，佐伯外科大半人員前往極北市的第二天。

宛如與外頭灰暗的陰天同步一般，空蕩蕩的醫院大樓顯得十分冷清。因為配合國際研討會的緣故，醫院也對病人數量進行控管，需要做的事情其實也不多。

唯一需要動手術的病患是食道癌的戶村義介先生，他的術前準備都已經處理好了。平常會一直吹毛求疵、加派臨時工作的指導醫生關川也不見人影。世良與青木這對一年級組合，在因為被留下而感到寂寞的同時，也有種雨過天晴的解放感。

青木一面記錄著病歷，一面嘟囔著。

「吶！世良，被留下來看家其實也還好嘛！」

正在將資料黏貼在病歷上的世良點了個頭。

這時渡海突然出現了。

「被留下來看家的一年級部隊，你們真的是粉身碎骨、在所不辭般地在執行任務耶！」

大概是平常從關川那裡聽到不少渡海的壞話，一直以來都對關川堅信不移的青木身子突然僵硬起來。

「可憐的小羊們，今晚要不要一起出兵到蓮葉路啊？」渡海雙手搭上世良的肩膀，愉快地說道。

「明天一早還有手術。」青木僵硬地說。

「別這麼害怕。我，渡海醫生只是想請你們這些值得讚許的一年級生吃個飯而已。」渡海一臉正經地回答。

「反正你最後也會勒索木下先生讓他出錢吧！」世良說。

世良在製作研討會簡報時，請教了山楂藥品的木下先生不少事情，現在對彼此已經很熟悉了。

「笨、蛋！木下那種人怎麼可能會放過這種機會，他早就跑去極北那個港灣都市搶著接待了，現在應該正黏著老頭吧！」

「那到底，是誰要……」

出錢啊?世良話還沒說完，就被渡海接下來的發言蓋過。

「我偶爾也是會自掏腰包吃飯的，然後，更偶爾心情不錯的時候，我還會請學弟們吃飯咧！吶！青木，只要你別去跟指導醫生打小報告的話，就一起來吧！」

經渡海一說，青木內心也動搖起來。渡海沒有等到他們回應就接著說。

「那就五點十五分在大門前的迎賓道，計程車等待區那裡集合啦！」

「可以至少等到六點嗎？拜託！」青木竭盡全力地說道。

渡海直直地盯著青木，接著露出微笑。

「不用這麼拜託也沒關係，我不會丟下你的，安心吧！」

四周瀰漫著烤肉味，傳來一聲聲嬌媚的聲音。

「感覺很不錯吧！這是跟我很熟的酒店姊姊常來的愛店喔！」

世良突然想起之前在「香格里拉」聽到的嬌嗔。繫著拋棄式圍裙的渡海，將烤好的肉放進世良的碗中，開口說道。

「話說回來，那傢伙的酒量還真差啊！」

青木趴在世良身邊喃喃自語著，手裡還緊緊握著啤酒杯。仔細一聽，他似乎是在說「我已經吃不下了」。不曉得是不是在夢中也一直被渡海拿烤肉攻擊，世良想著想著不自覺地笑了起來。

「可能平常太累了吧！青木是平時待在醫院最久的醫生，已經很久沒這麼早離開醫院了，所以才更沉醉於外頭的氣息吧！」他替青木回答。

「拚成那樣，不過是讓自己更難受而已。」渡海發著牢騷。但那句話裡並沒有平常在挖苦他人的感覺，這讓世良感到很意外。

「話說，明天的手術是幾點開始？」渡海又接著問道。

「表訂下午一點開始，因為要等高階醫生結束一般門診的看診。」

「嗯，手術大概要花兩個小時，所以會在三點結束吧！剛好是老頭正在極北市民中心大放異彩的時候呢！」

研討會的簡介上，清楚地寫著下午四點才開始演講，之所以將演講擺在壓軸，也是為了將研討會畫下完美句點。雖然世良注意到渡海搞錯時間了，但又覺得刻意更正這種失誤太麻煩了，便不以為意地繼續聽下去。

「真的很厲害吧！獲邀在國際研討會上演講。」

「反正也只有現在還能得意了。」

渡海用世良聽不見的音量，冷冰冰地低聲說道。

接著他又笑著對世良說：「只要讓佐伯老頭滿意的話，有一天你也能上臺演講的！不過，老頭原本可一點都不喜歡那種場合喔！」

「那他這次怎麼會願意出席？」

「大概是為了院長選舉在作秀吧！因為他很想當上院長嘛！」

「我覺得讓優秀的教授當上醫院院長是再正常不過的了。」世良聽出渡海與臉上笑容相反的話中之話，他帶點挑釁地反問。

渡海一臉訝異地看著世良。

「哎呀哎呀，世良竟然對老頭如此忠誠啊！那我問你，對教授盡忠和拯救患者的性命讓你選的話，你會選哪個？」

「這兩件事怎麼能放在一起比！說到底，佐伯教授是不可能做出那種任意對待病患生命的判斷的！」世良驚訝地說。

渡海發出嘖的一聲。

「呿，真會說。」他忍不住發起牢騷，「明明我前陣子對你掏心挖肺說了這麼多，你卻不相信我說的。」

世良曾聽渡海提起過去的事情，但他無法判斷那件事到底是不是真的。佐伯教授那種人怎麼可能將止血鉗忘在病患的肚子裡，然後還為了掩蓋事實不准其他人開刀將異物從病人的體內拿出？

「一定是有什麼特殊原因啦！」

「怎麼可能有啊！」

渡海看著世良嘆了一口氣。接著他再度向世良問道。

「那我再問你一個問題，假設我在這之前說的都是真的，而你當時人就在現場的話，你會堅持開刀拿出止血鉗嗎？」
「那當然，我絕對會這麼做。」
見到世良想都不想就回答，渡海這才露出笑容。
「聽你這樣說真讓我開心！感覺自己得到救贖了，來，喝吧！」
渡海眼神失焦地看著遠方，大口地灌著啤酒。
「要是那時候，有個像世良小弟你這樣有骨氣的醫生在的話，我爸也不會被迫辭職了吧……」
渡海瞄了一眼手腕上的錶。
「明天下午三點對吧，不知道聽眾們聽不聽得進去老頭的演講呢！那個時候應該正在預演吧？」
看到世良一臉訝異，渡海又補充說明道：「因為自衛隊的基地就在會場旁邊啊！我國中的時候，學校舉辦了音樂會，那可真是場災難！周遭都是直升機的轟隆隆聲，完全聽不到在演奏什麼。」
沒想到會從渡海的口中聽到國中音樂會這種事，感覺跟他一點都不搭，世良不自覺地笑了起來。
在醉得不省人事的青木與負責照顧他的世良坐上計程車後，渡海朝裡頭扔了一張計程車券。世良透過窗戶向他行了個禮。渡海站在後頭目送計程車離去。

——世良這種不諳世事的少爺個性還真讓人受不了，就是這樣才會一直被人算計的吧！

渡海看著手腕上的錶，凌晨兩點。再過十二個小時，佐伯外科便會開始崩壞。

渡海陰沉的笑容，與天上的月亮同時映照在地上的水窪。那處水窪隨後被誰的高跟鞋一踏，出現一圈圈的漣漪。當水面再度靜止時，表面再度浮出天上的月亮，卻已不見渡海的臉龐。

「以防萬一，我先跟你說一聲。要是我在手術中時，臨時有外來急診被送過來的話，再拜託你了。」剛結束一般門診的高階講師如此交代著渡海。

因為原本就有控制預約人數的關係，一般門診也比預定的十二點還要提早三十分鐘結束。當然，這也得歸功於高階講師的看診速度。

「了解！渡海雖然才疏學淺，但在高階講師不在的的時候，我一定會竭盡全力，賭上我的性命守護這裡的。」渡海精神抖擻地回答。

「那種話就免了。」

高階講師看似打從心底受不了那些話。目送他離去後，渡海在一般門診裡坐了下來，伸了一個大大的懶腰。

「日菜子，今天的門診都結束了吧？妳先去午休吧！老頭不在的時候就該好好放鬆一下，我會在這裡看著，有臨時病患來的話會跟妳說的。」

「那我就不客氣了，我先下班了。」中年護士露出疑惑的表情，但馬上又豁然開朗地說。但不愧是長年待在一般門診的護士，她又忽然想起什麼似地向渡海問道。

「話說回來，今天早上你臨時收了一名急診病患對吧！真難得看到阿征你在工作時間以外的時間工作耶！」

「我要認真工作的時候也是會好好工作的好嗎！」渡海陰沉地笑道。

渡海向她揮揮手之後，護士的身影也從一般門診消失了。渡海將雙手交叉於後腦杓，靠著椅背閉目休息，臉上還帶著一抹微笑。

不久，渡海離開座位，用他細長的手指撥起電話的轉盤。

下午一點，極北市民中心的歡迎會正值午餐派對，許多名門大學的腹腔外科權威都出席了這場宴會。上午的特別來賓兼講者，馬薩諸塞醫科大學希金斯教授，現在身邊正跟著帝華大學第一外科教學中心的西崎教授，兩人交談甚歡。他們周圍聚集了不少來自日本其他縣市的醫生們，大家時不時都會偷瞄一下兩人的相處情形。

這時，一群身穿灰色西裝的軍團從他們身邊經過。身材高大的希金斯教授立刻舉起單手，叫住走在最後頭的那個人。

「Hey, Professor Saeki, I am looking forward to having your lecture.（佐伯教授，我很期待你的演講喔！）」

佐伯教授回過頭去，對希金斯教授伸出右手並說道。

「You are kidding. Prof. Higgins. That's an idle pleasure, I suppose.（您見笑了，我的內容很無聊的，不要太過期待比較好喔！）」

站在希金斯教授身邊的是，苦著一張臉的帝華大學西崎教授。

「哎呀哎呀，我真是作夢也沒想到會在這個論壇上遇見您啊！西崎教授。早知道這樣，我就會把演講讓給您了。」

佐伯教授話一說完，西崎教授便高傲地回答。

「不不不，其實他們也有來邀請我，只是我已經身負希金斯教授這場演講主席的重任了，所以才婉拒了邀請。」

哼，虛榮的謊言。佐伯教授淺淺地笑了一下。

大概是因為知道我會出席演講，才急忙趕來希金斯身邊奉承吧！但佐伯教授並沒有直接點破，他想起了另外一件不得不說的事情。

「對了！我差點又忘了要說，謝謝您將你們帝華大學第一外科的愛徒借給我。」

「別客氣，能幫上你們的忙真是太好了。他在我們這裡真的是個異類，似乎不太滿意我們這種和平悠哉的醫院。我想他現在大概被佐伯教授操練得很滿意，正在高興地吶喊吧！」西崎教授笑容僵硬地回答。

「聽說您打算在明年春天的外科學會上舉辦食道癌座談會吧！連我們這種不足

為道的教學中心都被邀請了，真是光榮至極。」

「您在說笑吧！提到日本的食道癌治療，怎麼可能漏掉東城大學佐伯清剛教授您的名字呢？」

「那些都只是誇大不實的評價罷了。話說回來，我們家的優秀青年還因此感動落淚了呢！他說，可以在下次座談會上回報西崎教授的恩情，真是太好了。」

西崎教授不自覺地嘖了一聲。但他馬上又恢復笑容，向希金斯教授說道。

「Professor Higgins, Prof . Saeki has to start getting ready to his presentation. Later, we talk together this evening.（希金斯教授，佐伯教授要準備上臺演講了，我們晚上再好好聊聊吧！）」

經西崎教授一說，希金斯教授點了個頭。佐伯教授從鼻子發出一聲冷笑，將圍繞在他身旁的醫生拋置腦後，獨自往講者休息室走去。

「請給我『Snipe』。」主刀醫師關川的命令響徹整間手術房。

下午兩點，東城大學醫學部附設醫院第一手術房，現在正面臨著預定手術、下食道切除術的重要時刻。負責遞器械的花房戰戰兢兢地交出白色槍身，那瞬間，關川稍微猶豫了一下，接著毅然決然地接下「Snipe」。他緩慢並確實地操作著「Snipe」。做為第一助手輔助的高階講師仔細地盯著主刀醫師關川的一舉一動。在他的視線下，手術區令人感到無比安心。手術也比預定進行得要快，才過一小時就已逼近尾聲。

——只是換了一個人當第一助手，竟然會有這麼大的差別！

第二助手世良和負責遞器械的護士花房不約而同地如此想著。

關川抬頭看向高階講師。高階講師從手術帽與口罩之間露出的部分，給了他一個肯定的眼神。

「發射。」

關川使出渾身解數，扣下「Snipe」的扳機。之後他旋轉了兩次槍身後方的螺絲，再拉了一次芯片。

「拔槍身的時候要特別注意，動作盡量輕一點。」

關川點了個頭，慢慢地將「Snipe」從小腸切口拔出。又過了一會，沾滿血跡的槍身才被完整地拔了出來。

現場的緊張氣氛瞬間舒緩下來。關川立刻旋轉「Snipe」後方的螺絲，確認有塊類似甜甜圈的切片。

「連結建立好了。」關川大聲地宣布後，手術房裡的所有人才終於鬆了一口氣。

「那麼，開始縫合腹腔與胸腔的切口吧！」高階講師接著說道。

就在這時，手術房門打開了，渡海走了進來。他將白袍披在肩上，手中則拿了張X光片。

「高階醫生，不好了！」渡海謙恭地說，他那沒有抑揚頓挫的語氣變成了奇妙的音調。明明應該是很緊急的事情，氣氛卻令人感到輕鬆悠閒。

「發生什麼事了？」高階講師回問。

渡海的眼神瞬間散發出異樣的光芒。接著，他如往常般輕鬆地說道。

「剛才有一名緊急病患被送到一般門診來，因為患者表示肚子突然很痛，以防萬一就幫他拍了X光，然後就發現這個了。」

渡海打開安裝在牆上的觀片燈，將手上的影像放了上去。

高階講師將兩手交叉於胸前，離開手術區，走向觀片燈。他注視著黑漆漆的影像，在宛如汪洋大海般的人體輪廓圖中，出現了一個尖銳的人工物品。

「這是止血鉗……對吧？」

渡海點了個頭。

「忘記拿出來了吧！」

「手術紀錄呢？」

「病患在二十年前曾因為直腸穿孔做了直腸切除手術。」渡海聳了個肩回答高階講師。

「病患本身有克隆氏症嗎？」

渡海點了個頭。

「這可麻煩了，急性患者容易出現泛腹膜炎的情形，真是棘手。」高階講師低聲說道。

「對吧？要怎麼辦啊？高階講師？」

高階講師仍舊將兩隻胳臂抱在胸前，他陷入沉思，接著才問向渡海。

「腹部肌肉有呈現僵硬反應嗎？」

渡海猶豫了半刻，點了個頭。

「那就沒什麼好猶豫的了，只能直接開腹取出止血鉗了。」高階講師見狀，乾脆地說道。

「不用知道之前是誰幫他動手術的也沒關係嗎？」

「會把止血鉗忘在病人腹腔的那種糊塗醫生，就算知道他的名字又有什麼幫助？」

「真可靠啊！那如果我說那個糊塗醫生就是佐伯教授的話，帝華大學的阿修羅又會做何反應呢？」

高階講師的表情宛如結凍一般，失去血色。

「難不成……」

世良抬起頭看向渡海。高階講師依舊低著頭，許久才終於動了一下。但當他再度抬起頭時，那雙堅定無比的眼神已不再有任何猶豫。

「都這種時候了還說那些幹麼，現在沒必要追究是哪個笨蛋外科醫生把止血鉗忘了，馬上準備動緊急手術。」

「果然沒錯！」

渡海拍起手來。見到渡海胡鬧的樣子，世良在心中感到不安。渡海一臉開心地繼續說道。

「我就猜高階醫生一定會這樣說，所以已經準備好手術房了。等這個手術結束，就請您過來第三手術房吧！」

戴著口罩的高階講師瞇起了雙眼，他笑著說。

「看來就算我說不准開刀，你也早就決定要獨自進行了吧？」

「正確答案。」

渡海伸出兩隻手，用大拇指與食指比出槍的樣子，指著高階講師的心臟，發射。

哈哈哈，他笑著轉身，準備走出手術房。

「請等一下。」

渡海停下腳步，沒有轉過身來，卻發出宛如從地底深淵傳來的聲音。

「你剛才說了什麼啊……世良小弟？」

「那個，是不是得要得到佐伯教授的同意才可以？」世良拚命忍住顫抖的雙腿，強裝鎮定說道。

渡海回過頭來，眼神來回停留在高階講師和世良的臉上。

「你的實習醫生這樣說耶，該怎麼辦啊，高階？」

「佐伯教授說過他不在的時候，一切由我負責。」高階講師看了一下世良，小聲地說道。

世良點了個頭。「嗯，我知道。」

「我認為渡海醫生的判斷沒有問題。」

「嗯，我也這麼認為。」

「既然如此……」

為什麼你要阻止他。高階講師將這句話又吞了回去，他從世良的表情得知，這件事並不如他想像中那般簡單。

「什麼嘛！你剛來的時候不是還在會議結束前拋下一句很帥氣的話嗎？難道那只是說好聽的？」渡海輕輕地笑了一下，對著高階講師說道。

「你指的是？」高階講師歪著頭回問。

「雖然我不是親耳聽到的，但正是你身邊那個一年級的滿臉興奮地跟我說的，我記得是『必要時刻，就改變規定吧！絕對不能因為受限於規定而讓誰失去性命。』。」

雖然高階講師戴著口罩，卻隱約可見他的眼睛下方泛著紅潮。感受不到時間流逝的手術房內，只剩下急促的呼吸聲。

「既然如此，那就這麼辦吧！世良，這邊就先不用你幫忙了，你去幫忙渡海醫生做術前準備，順便打電話跟佐伯教授報告這件事。聽好，並不是要你去問教授能不能動手術，手術是絕對要做的，你只需要跟他報告這件事即可。」許久，高階講師終於開口說道。

他的眼神銳利地往世良射去。世良聳了個肩，心想。

——我果然很衰。

第三手術房雖然只是一間小型手術房，緊急手術卻經常在這裡進行。世良從後方叫住正在哼著歌的渡海。

「該不會這就是您之前說的那名病患吧？」

渡海停止哼歌，也停下輕快的腳步。

「如果我說是的話，你想怎樣？」他回頭說道。

「真沒想到您能把事情算計到這種地步。」

「我再怎麼能幹也沒辦法做到這種程度好嗎？我只是剛好知道，飯沼先生的腹痛至今還是會定期發作罷了。」渡海一本正經地回答。

「為什麼您會知道這件事？」

「飯沼先生都會定期去碧翠院櫻宮醫院做追蹤。我之前有在那邊打工幫忙過，那時偶然碰到飯沼先生來看診。在那之前我就聽我爸提過名字，所以馬上就知道是他了。之後我便用盡千方百計，想辦法定期到櫻宮醫院兼職，花了兩年才讓他們願意讓我當一般門診的醫生。最後也好不容易拿到飯沼先生的聯絡方式。前因後果就是這樣。」

「櫻宮醫院怎麼都沒發現止血鉗被留在病患的肚子裡呢？」

「櫻宮醫院的院長櫻宮嚴雄跟佐伯老頭是綜合外科醫學中心的老朋友了，他們兩人從前還被稱為是綜合外科的龍跟虎。大概是老頭哭著求他幫忙隱瞞手術失誤的事吧！」

渡海轉過身，飛快地向前走去。世良緊追在後。

「您是怎麼讓飯沼先生同意動手術的？」

「我跟他說需要做特殊檢查，把他叫到別間醫院照X光給他看，摧毀他對老頭的信任。接著再跟他說，這樣下去止血鉗就會留在他肚子裡一輩子，他就隨便我了。」

渡海在第三手術房前停下腳步，自動門開啟。

「不管怎樣，現在都已經來不及了，飯沼先生已經施打全身麻醉了，就等著手術開始。」渡海回過頭，對世良說道。

門打開後，病患的裸體就橫躺在手術臺上。另外還有個人站在手術臺旁，他一面觀察著生命跡象儀表，一邊幫病患的身體做消毒，那個人正是青木。

「剛才已經得到高階的許可了，他那邊的手術再一下子就結束了。等高階一來，這邊的手術就會開始。青木，你先去刷手。」

青木從世良身邊走過，世良看著他的背影離去。渡海朝世良遞出一張紙。

「拿去，這是學會會場的電話號碼，老頭現在應該在休息室，大概正獨處著集中精神吧！用這邊的外線打就可以了。」

那張紙彷彿要逃離世良一般，在世良準備接過時，從他的指間滑落在地。世良彎下腰去撿，一抬起頭，病患毫無防備的裸體便直接映入他的眼簾。

那副軀體被迫跟著人工呼吸器的拍子起伏著，也因為麻醉的關係，早已失去了意識。這幅景象彷彿在告訴世良，就算現在想要做什麼也已經來不及了。

世良猶豫地撥著電話轉盤，在他用顫抖的聲音對總機說完「請幫我接休息室的佐伯教授」，話筒便傳來了單調的電子音樂。《夢幻曲》的主旋律不斷重複播放著，就在他開始擔心會不會就這樣被關在這個旋律迷宮裡，永遠無法逃出時，音樂被硬生生地切斷了。

「……我是佐伯。」

低沉的聲音傳來，世良的腳也跟著顫抖了一下。在旁的渡海兩手交叉於胸前，輕輕地笑了一下。

下午兩點，還剩兩個小時。在演講前，將自己獨自關在房裡沉思是佐伯教授一直以來的習慣。其他醫生們也都知曉這點，因此自垣谷在十分鐘前端了飲料進來之後，再也沒有人過來打擾。

佐伯教授抱起兩隻胳膊，回想著自教學中心成立後這十年的光景。沒有一件事情是照著他的想法走，一直以來都有什麼在扯著他的後腿。但那樣的日子馬上就要畫下休止符了，正如同這場演講即將完美落幕一般。

真是走運，佐伯教授喃喃自語著。本來以為要花不少時間處理自己不擅長的領域，沒想到只靠高階出馬就解決了。另外，自己做夢也沒想到，極北大學這種鄉下大學的新人教授竟然有辦法請來希金斯教授。兩人獲邀演講的過程應該會被報導在新聞上，然後一切就結束了。

「不過，前方還有很長一段路。」

就在這時，電話響了。佐伯教授不自覺地發出嘖的一聲。

明明就跟他們說過，演講前誰都不准打擾的。話雖如此，佐伯教授馬上轉了個念頭。就算垣谷擅長臨機應變，但畢竟不熟悉這個會場，或許是他不曉得該拜託誰不要把電話接到休息室來吧！但話又說回來，就是要做到這種程度，才稱得上善於臨機應變吧！

佐伯教授的腦海中，突然浮現出高階講師的側臉。

電話聲持續響著，這樣下去也不是辦法，佐伯教授無可奈何地拿起話筒。

「有您的外線。」

「我是佐伯。」話筒裡傳來總機的女性聲音，佐伯低聲回答。

話筒的另一方呈現沉默的狀態。仔細一聽，還能聽到對方急促的呼吸聲。是故意找麻煩還是什麼類型的惡作劇嗎？如此想著的佐伯教授將話筒拿遠，打算掛斷電話。

「教授，不好了！」

才剛放下的話筒裡傳來熟悉的聲音，他再度將話筒拿回耳邊。

「你是誰？」

「我是世良。」

佐伯教授忍不住又嘖了一下。為什麼這傢伙總是在最重要的時候出現？明明只是個一年級的實習醫生。

「什麼事？我馬上就要去演講了。」

世良似乎在話筒的另一端深呼吸了一口氣，下個瞬間，他像在求救般地說道：「佐伯教授，飯沼先生準備要動緊急手術了。」

「飯沼？」

佐伯教授不自覺地歪起頭，出發前他才看過住院病患和一般門診的名單，那上頭並沒有這個名字。

「我不記得有叫這個名字的病患。」

「我說的是佐伯教授您在二十年前幫他動直腸切除術的病患，您把止血鉗留在他的肚子裡，現在他因為急性腹痛來我們醫院，再過不久就要替他動手術了。」

那瞬間，西班牙南海岸的絢爛陽光在佐伯教授的腦中甦醒過來。

起初還想掛斷電話的佐伯教授，現在卻對著話筒破口大罵：「誰准你們做這種蠢事！而且為什麼飯沼先生會跑到東城大學來？高階在幹麼？叫高階來聽！」

話筒的另一方沉默不語，許久，傳來了比起世良還讓佐伯更熟悉的聲音。

「請不用擔心，我已經得到教授不在時的醫院負責人高階講師的許可了。現在還在等高階講師結束食道吻合手術，大概不到一小時，這邊的手術就會開始了吧！」對方低聲說道。

原本情緒十分激動的佐伯教授，在聽到對方那樣說完後突然平靜下來。

「這個聲音是，渡海吧……是你在搞鬼嗎？」他冷冷地回答。

佐伯教授失望地說完後，話筒傳來對方似笑非笑的聲音。

「不要將止血鉗拿出來，否則後果不堪設想。」佐伯教授壓低聲音說道。

「這是高階講師做的決定。」渡海冷冷地回答後，突然語調一轉：「已經來不及囉！過了這麼多年，我這個做兒子的終於可以將老爸發現的醫療過失證據，也就是你的手術疏失公諸於世！」

「不行！渡海，等等，聽我說！」

儘管佐伯教授大聲地叫道，但話筒的另一方，卻只剩下通話切斷的電子音。

他失魂落魄地將話筒放回原本的位置。這時，敲門聲傳來，他心不在焉地應了一聲後，極北大學醫學部的學生工作人員走了進來。

「佐伯教授，馬上就要和主席開行前會了。」

佐伯教授重重地往沙發坐下，無助地抱著頭。

「Finish！」

從世良手中奪走話筒的渡海，只短短交代幾句就將電話掛斷了。他一臉惡作劇地看著世良，壞壞地笑著。

「吶！我真是個乖孩子對吧？『並不是要你去問教授能不能動手術，手術是絕對要做的，你只需要跟他報告這件事即可。』我替世良小弟成功執行任務囉！」

世良不知該做何回應。他冷靜下來思考著，反正總有一天都要開刀拿出那把止血鉗，既然如此，也只能確實地去幫忙手術了。沒什麼好怕的，他在心裡對自己說道。

一無所知的青木精神飽滿地結束刷手，走進手術房裡。負責遞器械的護士也跟他一起走進來了。

「哦！小貓要幫忙遞器械啊！」

貓田主任緩緩地張大眼睛，看著渡海。

「我說，渡海醫生，為什麼一定要挑這種時候動這場手術呢？」

「幫病人把忘在腹腔的止血鉗拿出來是醫生應盡的義務，就算發生這種醫療疏失的人是教授，也不能假裝沒看見吧！」

「話是這樣說沒錯……」

貓田主任嘆了一口氣。難得看到貓田這樣含糊帶過，讓世良更加不安了。

「那麼，我也差不多該去刷手了。話說回來，高階那傢伙也太慢了吧！到底在摸什麼魚？」渡海一臉開心地說道。

渡海看著緊閉的手術門，回頭對世良說道。

「世良小弟，去看看第一手術房發生了什麼事！」

世良一進到第一手術房便驚呆了，眼前的景象竟是高階講師和花房兩人正忙著縫合腹腔和胸腔。他與花房四眼交接，在對方眼神的催促下，他環視周遭，才發現主刀醫師關川正靠著牆，虛弱地坐在地上。

「手術結束後，才正要開始縫合腹腔切口，病人的身體似乎就撐不住了。」高階講師抬起頭說道。

闞川或許是回憶起先前發生的事情了吧，世良如此猜想。他的腦中倏地閃過胃網膜動脈大量出血的畫面，雙腿不自覺地震了一下。

「您只要派人去叫我，我就會馬上過來幫忙的。」世良小聲地說道。

「還不到那種程度，不過要多花三十分鐘就是了。你幫我轉告渡海醫生，請他先開腹腔吧！」

世良原本還在考慮要不要再次刷手進來幫忙，但一想到刷手還要再花不少時間，便明白自己在這裡什麼忙也幫不上，還是聽從高階講師的指示比較好。

在緊急情況時，高階講師會以非常快速的手法進行手術。但若換作平常的手術，他便會如大河般緩慢流動的速度來施行手術。

「高階醫生，下一個病患已經施打麻醉了。」

「我知道了。但是照這樣發展下去，就算是一般的例行公事也會出現問題的。平常是不應該有主刀醫師倒下的情形發生才對，這種時候就必須冷靜下來，好好收拾善後，這是做為一名外科醫師的鐵則。」高階講師若無其事地說著。

聽完他的話，世良只覺得自己的五臟六腑被什麼東西壓住似地難受。他抱著這份沉重的心情，宛如傳信鴿般回到了第三手術房。

進到第三手術房後，只見刷完手的渡海、青木，以及貓田站在那兒等著。

那幅畫面宛如一幅畫著神父與修女的宗教畫。

世良痴迷地望著這個靜謐和平的世界。但那個美麗世界馬上就被藤原護理長給破壞了。才剛聽到凌亂的腳步聲，下一秒就傳來她的怒罵。

「麻醉都已經打下去了，應該要快點開始動手術啊！到底是怎麼了？這一點都不像是渡海醫生的作風！」

世良順著那句話說下去：「高階醫生請我來傳話。第一手術房應該還要再花上三十分鐘，可以的話，就請渡海醫生先開腹腔……」

「老頭不在，這裡的最高負責人便是高階。這場手術的主刀醫師非高階不可。」渡海飄然地回答，接著他斬釘截鐵地說道：「等高階來！」

雖然那一點都不像是渡海會說的話，但在他堅定的語氣下，沒有人再提出任何異議。世良只好再度回到第一手術房。

三十分鐘後，世良一面照料失魂落魄的關川，一面將病患運送到ＩＣＵ裡。高階講師一直送他們到手術室出口，看著他們離去後，才去更衣並往刷手區走去。

世良將戶村先生的術後狀態表交給ＩＣＵ的醫師後，便急忙轉身離去。被留在ＩＣＵ的關川雙眼空虛地目送世良離去。

彷彿正在球網前準備要踢進勝利之球似的，世良往手術房衝了過去。

他踢了一下腳踏開關，灰色的第三手術房門便開啟了。無影燈的光線射向世良的眼。高階講師已經在主刀醫師的位置就位了。

「想起來了嗎？我們的第一場手術就是用這個組合開刀的。」渡海看著高階講師，笑咪咪地說道。

高階講師點了個頭，在口罩底下浮現出笑容。

「我記得你那時候還說我的手術是扮家家酒，開刀開到一半就氣得離開了。」

「聽你在講咧！明明就是你說第一助手的工作結束了，我才離開的。」

渡海的眼神瞬間迷濛起來。

「怎麼感覺好像是很久以前的事了。」

高階講師一臉不可思議地望著渡海。

「這種感性的臺詞，一點都不像是你會說的話呢！」

「去你的，我本來就是個詩人好嗎！對吧，世良？」

世良含糊地點了個頭。渡海繼續說道：「那麼，代理佐伯教授的高階醫生啊！你認為這個患者需要緊急動刀對吧！」

「那是當然的。」高階想都不想便直接回答。

「那主刀醫師就拜託你囉！畢竟老頭本來對我印象就不好，要是我還在這種情況下擔任主刀醫師的話，大概真的會被開除了。」

高階講師看向渡海。

「渡海醫生應該不會因為這種小事就猶豫不當主刀醫師吧！莫非你和這位患者

之間有什麼糾結瓜葛嗎？」

渡海陷入沉默。

「有沒有都無所謂，既然我們都認定這位病患需要緊急開刀，我就擔任主刀醫師吧！」高階講師笑道。

他抬頭看向牆上的鐘。

「距離麻醉施打結束已經浪費一小時半了，趕快開始吧！現在開始進行手術。」

世良也看了一下時鐘，現在是下午三點半。

「話說回來，教授的演講也差不多要開始了耶！」高階講師自言自語地說道。

再過不久，佐伯教授便會在遙遠的極北市，沐浴於聚光燈之中，在眾人震耳欲聾的掌聲下登臺演講。手術房的所有人，都因為那句話開始幻想著那幅光景。

「登上光榮的顛峰後，便是沒落的起點。」戴著口罩的渡海，用其他人都聽不見的音量輕輕地說道。

下午五點，距離手術開始已經過了一個半小時。高階與渡海這對組合被迫要與時隔久遠的手術所造成的重度沾黏苦戰。

「我猜上次的手術應該也大量出血了。」

高階講師忍不住抱怨起來，渡海也疲憊不堪地附和著。

「看來今天要加班了。」

「病患原本就有克隆氏症這種發炎性腸症，再加上手術傷害以及泛腹膜炎，然後還過了二十年，這種沾黏程度根本就是世界級的。」高階講師點頭說道。

「我也是第一次碰到這麼誇張的狀態。」

世良看向觀片燈上的X光片，止血鉗的白影深深地沉在骨盤腔的深處。這個手術其實非常單純，打開腹腔、取出忘記的東西、縫合，幾乎是一抵達目的地，便可直接收工的簡單手術。平常靠兩個人，大概五分鐘就能結束，卻沒想到堪稱佐伯外科雙璧的高階與渡海，連目的地的入口都尚未抵達。

一般來說，切開腹腔後，便能看到體內的結締組織與可以手動排除的大小腸緊緊地固定在一起。即使如此，醫生也必須在這個宛如埋在厚墊底下的狹小電路世界，謹慎地將電線從厚墊中取出，還要注意不能傷到電線。也因此，手術刀的刀鋒必須穿梭在結締組織與一般腸道的夾縫中。

但這兩人畢竟是佐伯外科數一數二的高手，即便速度緩慢，但渡海的止血鉗與高階的手術刀確實地在分離著那些沾黏。

不久，帶有滄桑感的古典音樂從天花板傳了下來。渡海也因此停住了手的動作。他抬頭看向天花板。

「呿，真難搞啊！花了兩個小時竟然才只有這樣。」

一直以來都隨著下班時間消失的渡海，現在正為無法貫徹自己的美學而深感不平。世良見狀不禁笑了起來。

「那個一年級的流動人員要是再嘲笑我這個前輩的話，我就要閃人了。」渡海立刻責備起他。

流動人員中的護士藤原護理長一聽，便將兩隻手腕交叉於胸前，狠狠地瞪了渡海一眼。

「世良，跟渡海醫生道歉。平常吊兒郎當的他現在可是非常拚命地在工作，不可以嘲笑人家。」高階講師專心地注視著術野裡的情形，頭也不抬地說道。

渡海不滿地看著一本正經說出那些話的高階講師。

「渡海醫生，非常抱歉。」

世良微微地敬了個禮。渡海開口說道。

「算了，我現在也騎虎難下了。事到如今，我就陪你們到最後吧！反正只要到達止血鉗的位置，這場手術就算結束了。雖然這些沾黏感覺沒完沒了的，但終點就近在眼前啦！說不定我們早就快抵達止血鉗的位置了，對吧！」

啊！高階講師發出小聲的驚呼。

「這看起來好像是止血鉗的把手。」

「終於啊！」

渡海瞄了一眼牆上的時鐘，時鐘的指針正指向下午七點半。距離手術開始已經過了四個小時，卻還看不到清除沾黏的盡頭，他們持續地在泥沼中奮戰。

世良探頭觀察著手術區的情形，高階講師的手正在病患的上骨盆腔中推著充滿沾黏的腸道。而他的指尖前方，確實可以看到沉在深處的銀色金屬片。

「看來止血鉗前方，還有更錯綜複雜的腸道跟結締組織在等著我們。」

「沒想到就算看到目標了，還是要花上不少時間啊……」渡海一臉吃驚地喃喃自語著。

「畢竟這把止血鉗，可是待在這副軀體裡二十年了。跟他的大腸小腸一起生活了這麼久，想必感情應該滿好的。」高階講師抬起頭笑道，看向一臉不安的世良：「別擔心，只要進入這個階段，後面就快多了。」

但現實並不如高階講師所說的樂觀，在他表示似乎可以一口氣將止血鉗拉出後，又過了一個小時。

現在距離手術開始已經過了五個小時，然而他們卻依舊深陷於泥沼之中。

晚上十點半，在經歷了七個小時後，深埋在病患腹腔裡的止血鉗，總算進到高階講師的視野裡。高階講師一把握住那把黯淡的銀色止血鉗，突然停下了動作，接著他一臉懷疑地觀察起那把止血鉗。

「這把止血鉗真的是單純被忘在病人體內的嗎？」

「你傻了嗎？就是忘記的啊！誰會故意留一把止血鉗在病人的肚子裡？」渡海

一聽，立刻責問起高階。

高階講師的視線快速地左右移動著，像在追尋著什麼看不見的東西。但他的追尋終究還是揮棒落空。他深呼吸了一口氣，握住露出把柄的止血鉗，小心地拉扯了一下。他的眼神充滿了疑惑。

「它根本不會動啊，好像被什麼咬住了。」

渡海見狀聳了個肩。

「你就這麼怕佐伯老頭嗎？」

世良倒吸了一口氣。高階講師以銳利的眼神瞪向渡海。許久，他心意已決地宣布。

「我知道了，現在開始去除異物。」

高階講師的右肩，深深地沉入手術視野裡。

「住手！」外頭傳來一聲低吼，手術房門隨之開啟。

眾人的目光一致往那裡轉移。忽地，所有人都驚嚇得說不出話來。

「佐伯教授？」高階講師不禁叫道。

冒然闖進手術房裡的人，正是東城大學醫學部的名醫，白眉外科醫生佐伯清剛教授。他用單手將拋棄式口罩壓在臉上，披了一件醫師白袍，底下卻是西裝打領帶。

真的假的……渡海喃喃自語著。

佐伯教授絕對不可能在這個時候出現才對。一般來說，就算中間毫無間斷轉換交通工具，從極北市到櫻宮市也得花上半天時間。演講結束是下午五點，不論再怎麼趕，都不可能來得及，就算搭直飛航班也不可能。

高階講師吃驚地望著佐伯教授，站在他身邊的渡海則是對那雙白眉投以空虛的眼神。佐伯教授沉重地踏出步伐，走到踩踏凳上，居高臨下著手術區。

「管他是學會還是成果發表，只要病患有性命危險，我就會以這裡為優先。」他俯視著渡海，一臉嚴厲地宣示道。

「您下午都還在極北市的學會會場吧！再怎麼趕都不可能在這個時間回來，請問您是使用了什麼魔法？」世良開口詢問。

「你還是老樣子，只有嘴巴比較厲害而已。」佐伯教授瞄了一眼世良，一派正經地說道。

接著他開始對手術區的所有人進行說明：「我一接到電話，就決定要取消演講回來這裡。在極北大學的協助之下，我搭上了特別加開的航班，到機場之前也是他們用緊急醫療救護中心的直升機載我去的。然後我再從羽田機場搭計程車飛奔回來。」

「您拋下國際學會演講不管了嗎？真是亂來。」高階講師聞言說道。

「怎麼可能、不可能。」渡海暗自低語道。

「不管是亂來還是不可能發生的事，我現在都站在這裡了，這是事實。」佐伯教授放聲說道。他不慌不忙地俯視著手術視野，繼續說道：「極北緊急醫療救護中心的主任，桃倉是我的學生。他對地方上的緊急醫療做了不少貢獻，所以緊急時刻都能被特別通融。」

「根本就是公器私用。」渡海愣愣地說道。

「注意你的用詞！我從來都只有『公』沒有『私』。」佐伯教授近乎尖銳地回應。

「老頭真是了不起啊！」渡海輕描淡寫地回應著。接著他抬起頭，挑釁地說道：「能讓佐伯教授千里迢迢趕路回來，真是我的榮幸。」

渡海陰暗地笑道。

「看來大家都到齊了，父親的遺願，就由我來替他完成吧！」

渡海倏地抓住高階講師剛才剝露出來的止血鉗，打算一口氣將它拔出。

「住手！渡海！把你的手拿開！」

渡海毫不理會佐伯教授的呼喊。他握住止血鉗的把柄，先是搖了幾下，接著越搖越大力。

「真的一動也不動耶！這把止血鉗到底被什麼東西給纏住了？」他一臉吃驚地說道。

「放棄吧！渡海。」

喀噹——這時突然傳出一聲解鎖的聲音，手術房內的空氣也宛如凝結一般。所有人的視線都集中在渡海的指尖。渡海慢慢地將手抽出，他的手上正拿著一把黯淡的銀色止血鉗。

「……拿出來了。」渡海一臉安心地喃喃自語著。

他將那把止血鉗丟到貓田遞出來的銀色彎盆裡。

「結束了呢……」高階講師看著那支被遺忘的銀色器械，開口說道。

「對啊，結束了。」渡海回答。

手術房內瀰漫著一股安心的氣息。

「……真是那樣就好了。」站在高處的佐伯教授喃喃自語著。

高階講師聞言，抬頭看向佐伯教授，但當兩人四目交接時，他卻一句話都說不出來。他身旁的渡海則是嘿嘿嘿地笑著。

「開始縫合吧！」高階將目光移回手術視野，開口說道。

高階講師命令貓田遞上持針器。但貓田卻像是沒有聽見他說什麼似的，毫無反應。

「貓田主任？我應該說了我要持針器。」

貓田伸出細長的手指，指向止血鉗原先的位置。高階講師這才注意到發生了什麼事。

「出血？」

才剛親自動手的渡海也回過頭來注視著該處。

「好黑啊，是靜脈出血嗎？」

佐伯教授從容不迫地走下踩踏凳。

「藤原護理長，幫我準備我的手術器械，然後妳也去刷手過來幫忙。」

藤原護理長點了個頭，飛快地消失在門的另一端。

「你們這兩個傢伙開啟地獄之門了，這是骶骨[19]前方的靜脈叢出血，在我刷手回來前，如果你們還當自己是外科醫生，就使出渾身解數努力止血吧！」佐伯教授快速地看了幾眼呆立一旁的高階講師與渡海，開口說道。

高階講師與渡海對視了一眼，接著兩人一同看向骨盆腔裡。

「suction[20]！」兩人大喊後，貓田立刻遞上抽吸器的管子，近乎同時。走到手術房門邊的佐伯教授忽然回頭看向世良。

「一年級的，去血庫那裡拿B型的血過來，不用做交叉對比也沒關係。然後去請麻醉科的田中醫生過來，他的技術最好。」

手術室陷入一片混亂的同時，佐伯教授在刷手區悠閒地刷著手。

19 位於骨盆腔的後面，呈扁平的三角形。

20 抽吸。

「能止住嗎？」早先一步刷完手並整理完服裝的藤原護理長開口問道。

佐伯教授聳了個肩。

「不曉得，我怎麼可能會知道。」

協助的護士們聚集在刷手結束的佐伯教授周圍。不用多久，他的身體便完全被藍色的手術衣包覆起來。

「請您一定要止住血。」藤原護理長對佐伯教授說了一句話。

「我會盡我的全力。」佐伯教授回答。

藤原護理長宛如影子一般，跟隨在冷靜地踏出步伐、往手術房前進的佐伯教授身後。而那群負責協助的護士，則將他們視為希望一般，在兩人身後誠心誠意地祈禱著。

手術房門開啟。隨著抽吸機的聲響傳出，阿修羅與惡魔也正在血場中苦戰著。

「不是那裡，那裡只是看起來很像而已！」

「不行，這種出血根本無法用電動手術刀！」

「你的手很礙事，好好維持手術視野！」

兩人的怒吼在手術房內迴響著，流動人員世良與花房宛如結凍一般，在外場呆呆地看著手術區的一舉一動。

「優秀青年，血止住了嗎？」佐伯教授冷靜地問道。

「不行，找不到出血點。就算用了吸引器，血也馬上又冒出來，根本沒辦法用電動手術刀。止血劑也馬上就脫落了。」高階講師直盯著手術視野，頭也不抬地搖頭說道。

「請你使出全力用幫浦快速灌血。」佐伯教授向田中麻醉醫生說道。

「才五分鐘就出血一千五了，不用你說我也會做。」

田中只是一名麻醉醫生，照理說是不能這樣和綜合外科的教授說話的。但田中麻醉醫師早已將所有心力集中在幫浦上了。佐伯教授看了一眼高階講師，高階講師立刻被對方的氣勢壓制住，往後退了一步，讓出位置。

佐伯教授順理成章地補上那個位置。他抬起臉，看著呆立在自己面前的渡海。

「在我止住血前，我有話要先跟你說。」

手術器械臺被換了下來，藤原護理長取代了貓田主任就定位。

全新的滅菌布上，擺滿了銀色的止血鉗，其中一端則是宛如黑夜般漆黑的黑色止血鉗。就像要將故事打上休止符一樣，被擺在藍色的滅菌布一端的黑色止血鉗，將手術房的光線都吸了進去。

「我和你的父親，渡海一郎之間的故事，我想代表東城大學在這裡跟他的兒子謝罪。我對你的父親，渡海一郎先生感到萬分抱歉。」佐伯教授瞄了一眼那把黑色的止血鉗，開口說道。

佐伯教授低下頭來，敬了個禮。渡海一臉煩躁並高傲地俯視著佐伯教授。

「廢話少說，趕快止血吧！」

「這是我唯一的機會了，聽我說！我過去在幫這個患者進行直腸穿孔手術時，因為止不住骶骨前方靜脈叢的出血，無可奈何之下只好將止血鉗留在病患體內，縫合了腹腔。並不是我忘記取出來，而是我無法拿出來。這件事本來應該告知病患和他的家屬，但換作是一般人，應該無法理解我之所以必須這麼做的理由。我沒有自信能夠說服他們，只好瞞著病患及其家屬讓他出院。本來想說一直追蹤觀察就沒事了，卻沒想到因此發生那場悲劇。」

佐伯教授將手放進病患的骨盆腔，像在尋找什麼的樣子。高階講師持續進行著抽吸，麻醉醫師也拚命將血輸進病患體內，補足流失的血量。

「我非常信任你的父親渡海一郎，所以就連出國參加學會時，我也將需要複診的病患都交給他處理。但我作夢也沒想到，本來一年只要做一次術後檢查的飯沼先生，竟然因為腹痛住院了。渡海一郎在幫飯沼先生檢查時，理所當然地照了腹部X光，並發現了我留在病患腹腔裡的止血鉗。」

「出血量兩千。」麻醉醫師的聲音在手術房裡迴響著。

「那場國際學會是西班牙某個偏僻的鄉下大學所主辦的。我在旅館櫃檯接到電報時整個人都傻住了，馬上就想打國際電話回來，但那邊是鄉下，根本就無法跟日本的醫院聯繫上。而那時剛好又要輪到我發表演講了，我沒有辦法，只好先打了電報回來。那時我正要從旅館離開，所以也無法等到日本這邊的回應。總之只要先避開緊急手術，之後再想辦法說明就可以了。當時的我是這麼想的。卻沒想到當我回國後，渡海一郎已經被大學醫院逼得開除了。」佐伯教授依舊在手術視野裡尋找著什麼，並淡淡地繼續說道。

彷彿喝下什麼很苦的東西似的，佐伯教授一臉苦澀地對渡海說道。

「在那之後，我便訂做了這把黑色止血鉗，當作自己的手術器械。」

「出血量兩千五。」

隨著麻醉醫師的提醒，佐伯教授的手指也繼續在病患體內摸索著。

「黑色止血鉗是對我自身的警惕。一直到今天，到現在，這把止血鉗都是我的心靈支柱。另外，我也早就有所覺悟了，在我將這把止血鉗用在術野時，便是我辭去外科醫生的時候。」

手術器械臺上，黑色止血鉗發出黯淡的光芒。

「我到處打聽消息尋找你的父親，但怎麼找就是找不到。好不容易終於打聽到你父親去了離島當醫師，但過去拜訪時，才得知你的父親已經過世了。」

渡海依舊維持著陰暗的眼神，沉默不語。佐伯教授繼續說道。

「我想要彌補自己的過錯，所以繼續調查，才發現渡海一郎有個兒子正在極北大學念醫學部。只要把他的兒子收到我的門下，將他培育成一個優秀的外科醫生，就能彌補我的過錯了吧！我是這麼想的。」

佐伯教授溫柔地看著渡海，平淡地訴說著。

「這就是為什麼我們教學中心會收你。儘管如此，我並沒有對你有差別待遇，你在外科這方面的才能本就無可限量，我只有在一旁守護著你而已。不如說，我感覺自己除了技術以外，留給你的都是負面影響，真是可惜。」

他直直地正視著渡海的雙眼，喃喃自語地說。

「沒有把你導回外科的正道，是我心中的遺憾。」

那瞬間，充滿血跡的手術房陷入一片寂靜。彷彿悲鳴一般，田中麻醉醫師的聲音再度響起。

「出血量三千。」

佐伯教授的手指停下動作，他抬起白眉。

「讓開，小子。」

高階與渡海被佐伯教授一喊，往後退了幾步。

「黑色止血鉗！」

負責遞器械的藤原護理長的手突然一震，停下了動作。接著她伸手抓起放在器械臺上最外側的黑色止血鉗，將它遞給了佐伯教授。佐伯教授伸出沾滿鮮血的手，在無影燈的照射之下，高舉著黑色止血鉗。

他瞇細了雙眼。

「再見了，渡海一郎。」

佐伯教授將黑色止血鉗深深地插入病患的體內深處，僅僅一瞬間。

他慢慢地抽離右手，命令高階講師，「suction。」

高階講師將抽吸器的前端插入病患的骨盆腔內，踩了一下踏板，鮮血便被吸進透明的管子裡。過了一會，便傳來快將果汁喝完時那種水夾雜著空氣的聲音。

「……血止住了。」渡海不可置信地說道。高階與渡海同時敬佩地看著佐伯教授。

佐伯教授轉向藤原護理長，命令她遞上持針器。

「開始縫合。」

「咦？」

「老天保佑，我的盟友渡海一郎也來助我一臂之力了。」

「不將黑色止血鉗止血的位置縫合的話……」高階講師不安地俯視著病患的骨盆腔，開口說道。

佐伯教授搖了搖頭。

「只要弄破骶骨前方的靜脈叢，一般說來是無法止血的。唯一的機會就是剛才那瞬間，就這樣直接縫合腹腔吧！」

「這樣術後拍攝、或是病患過世時，還是會發現這把止血鉗的。」

「那又怎麼樣？」

佐伯教授抬起白眉，瞪著高階講師。

「給我有所覺悟！還是你為了要避免醫療疏失，想試著縫合出血處，將病患的性命和自己的信念同時放在天秤上秤重嗎？」

高階講師顫抖著雙脣，陷入沉默。

「那並不是為了患者，只是自我滿足的藉口。」

一道視線射了過來。高階講師咬緊牙，好不容易才站穩腳步。似乎只要稍微放鬆，便會掉到深淵一般。

「嗯，看來你還有身為外科醫生的矜持嘛！」佐伯教授瞇細眼睛，微笑著，並以沉穩的口吻繼續說道：「那把黑色止血鉗是我特別訂作的，材質選用了碳，X光是照不出來的，火葬時也能一起燒掉，不會留下任何痕跡。」

「為什麼您會訂做這種……難道您早有預感會發生今天這種事嗎？」高階講師嘶啞地問道。

「怎麼可能會有這種預感。我只是，不希望再發生像那天一樣的事情了。這是為了那種時候準備的止血鉗，而那個時候正好就是今天。」佐伯教授笑道。

渡海站在高階講師身旁，目瞪口呆地望著佐伯教授。

「開始縫合腹腔切口。」佐伯教授再次宣布。

藤原護理長遵從那聲指令，將持針器遞出。高階講師默默地跟著佐伯教授，將他縫好的線一一打結收尾，協助他縫合腹腔。

腹腔縫合結束。

高階講師拿起剪刀，一口氣剪斷病人腹部上方，宛如豎琴圖樣般的縫線。

佐伯教授看著最後的縫線被剪斷，開口說道。

「我會負起這次的責任，辭去外科醫生。」

渡海的瞳孔瞬間如黑夜一般暗下，並映出佐伯教授的白眉。

手術房內被一片寂靜包圍起來。

「蠢斃了，怎麼可能讓你這樣做啊！」破口大罵打破寂靜的人正是渡海。

他往後退了一步，粗魯地扯下拋棄式口罩，再用力地將口罩丟在地板上。

「你以為你現在辭職就能解決事情嗎？我父親被以不名譽的方式逼迫辭職，遭受大家冷眼對待。然後你現在才說一切都結束了？開什麼玩笑！這種莫名其妙的地方，我才待不下去。」渡海看著佐伯教授，狠狠地罵道。

他脫下沾滿血跡的手術服，裸著上半身，環視在場所有人，接著大步走出手術房。名醫就這樣被遺留在原地，唯獨無影燈的光圈，持續照耀著方才手術殘留的痕跡。

世良在後方追著渡海，他飛奔進入外科休息室。早已換上便服的渡海看著世良，露出微笑。

「呦！世良小弟，雖然日子不長，但你讓我過得很開心喔！」

他的白色襯衫耀眼得令人無法直視。渡海坐在書桌前，振筆疾書地寫著。接著他把那張紙放進信封裡，再拋給世良。

「幫我把這個拿給老頭！」

世良一看，信封上寫著「辭呈」。

「渡海醫生，你真的要離開醫院嗎？」

「這是個好機會啊！一直待在這種地方，一點也不像我。」渡海將公事包背在肩上，說道。

「你要這樣放過佐伯教授嗎？你不會後悔嗎？這樣不是半途而廢嗎？」

渡海驚訝地看著世良。

「喂喂，世良小弟不是佐伯教授的忠犬嗎？」

「我當然是站在教授這邊，因為我是佐伯教授的部下。但是渡海醫生如果就這樣不明不白地離去，只能說明你就是個膽小鬼。你就把你想說的話都說出來，直接嗆爆佐伯教授不就好了！」世良答道。

「什麼啊！世良小弟不是想將我打得落花流水嗎？」渡海笑道。

世良覺得心情十分激動，卻說不出半句話來。明明就有很多想訴說的事情，但話到了嘴邊，卻盡是一些難聽的話，無法坦率地說出真正重要的心情。再這樣下去，渡海就要離開醫院了。

——必須快點說些什麼、什麼都好。

世良將那些原本絕對不會說出口的話，一字一句慢慢地吐了出來。

「我還沒有、我還有很多東西要跟渡海醫生學。」

渡海注視著世良。

「真可惜啊！世良老弟，機會是不等人的。」

世良低下頭。渡海輕拍了幾下世良的肩膀。

「別失望啊！你之前也馬上就想開了呀！託你的福，我一部分的抱負也交接給你了。」渡海看著世良，繼續說道：「那樣就夠了，無論是誰都沒辦法將自己的抱負完整地交給誰。就連我，明明靠得這麼近，卻到現在才知道老爸的事情和佐伯老頭的心情。」

渡海的眼神迷濛起來，喃喃自語著。許久，他環視了牆上的醫學書籍，說道：「我竟然收集了這麼多書啊？對藥商還真不好意思。這樣看來也算是很可觀的一筆財產，就捐給佐伯外科吧！這些可都是很昂貴的書籍，包括這間房間，都交給你保管啦！」

「渡海醫生！」世良竭盡全力地呼喊著正準備開門離去的渡海。

「那我們換個角度思考吧！這次的事一定要有人出來負責，我不辭職的話，你說，誰要辭職？佐伯老頭嗎？高階嗎？不管是誰，對教學中心來說都是極大的損失。但我呢？我辭職的話，一點影響都沒有吧！」渡海回頭，靜靜地說道。

世良注視著渡海。

「都到這種地步了，為什麼渡海醫生還要保護外科教學中心呢？」

渡海像是在看著很遠的地方。

「嗯，為什麼呢？」接著他慢悠悠地說道：「不過，這樣也算有始有終呀！我只是對自己的所作所為負責，是我的判斷錯誤，飯沼先生不該開刀的。判斷錯誤的外科醫生只有離開一途。」

世良依舊堅定地看著渡海。渡海聳了個肩。

「真是作夢也沒想到你會這麼熱情地目送我耶！」

渡海轉過身來，注視著世良，接著拋下了一句：「世良，要成為一個好醫生喔！」

那句話太過耀眼，令世良忍不住眨了個眼。

下個瞬間，渡海的身影便從世良的視野裡消失了。

「國際外科論壇一九八八」雖然匆忙地由黑崎助理教授代表上臺演講，但由於臨時更換講者，讓會場呈現一場混亂，評價自然也不高。因此，回到東城大學的醫生個個臉色都不是很好。

因為這個緣故，留守醫院的世良跟青木也受到了嚴重波及。原本說好要請他們吃的海產饗宴及紀念品都泡湯了。雖然青木一直四處抱怨，但誰都沒理睬他。

一直到過完新年，青木依舊時不時會提起這件事。

十二月中旬，距離渡海征司郎離開東城大學醫學部綜合外科教學中心，簡稱佐伯外科，已經過了一個月。下午有一場胃癌手術，世良正在刷手區進行刷手。

站在世良身邊的貓田主任小聲地嘟囔著：「渡海醫生一離開，我要睡午覺也變得更難了。」

「能讓貓田主任一直記在心上，想必渡海醫生一定很高興吧！」站在世良另一側的是高階講師，他看向貓田接著回答。

「不偶爾提起他的名字不行，嗯……誰叫他很怕寂寞嘛……」

在高階講師的視線注目下，貓田有那麼一剎那，停下了刷手的動作。

那是世良最後一次在醫院裡從誰的口中聽到渡海這個名字。在那之後，渡海的身影漸漸從世良的腦中淡去。世良也在越漸繁忙的日子中，慢慢地忘掉許多事情。

昭和六十三年落幕，而在昭和六十四年剛開始不到幾天，日本就發生一件衝擊性的消息——昭和天皇駕崩了。當時的內閣官房長官，緩慢地宣布新年號為「平成（heisei）」。

大多數的民眾在聽到新年號時，都只意識到是「he」與「se」的長音，聯想不到漢字。那陣子，有關昭和時期的歷史回顧、隨著新年號「平成」改變的社會系統，這類的鬧劇經常在報紙及電視節目中上演著。

一月中旬，醫院院長選舉迫在眼前的某一天，高階講師坐在教授辦公室裡的沙發上，佐伯教授則坐在他的對面，兩手交握於胸前。

窗外的寒風肆虐地吹著枯樹枝，但隔了一片玻璃的房間卻悄然無聲，只能看見樹枝在窗外激烈地搖晃著。枯葉被吹得到處都是，在陰暗天空的籠罩之下，支離破碎。

「都是你的錯，害我們醫院失去渡海。高階跟渡海，好不容易才集合到火焰手術刀跟黑色止血鉗，好不容易才在外科地獄中看到曙光。」佐伯教授抬起白眉，盯著高階說道：「我現在的心情就跟半身癱瘓沒兩樣，從我身邊奪走渡海的人就是你，高階。」

高階講師拿著香菸，閉上眼睛。佐伯教授繼續說道。

「優秀青年，你最好有所覺悟，因為接下來要通往地獄的路，你可得走在我前面替我帶路。」

佐伯教授站起身，走到窗邊，眺望著外頭的景色。

高階講師走到他身邊。

他順著佐伯教授的目光，眺望起同樣的風景，接著他吐出一口紫煙。

「我沒辦法在地獄中幫您帶路。」高階講師爽快地說，卻又露出些微陰沉的笑。「但是，請您放心，我會帶您通往極樂世界的。」

高階面帶令人想起渡海的笑臉，直直地注視著那條銀色的水平線。

在巷弄恢復日常步調的某個寒冷夜晚，赤煉瓦棟三樓，佐伯綜合外科也迎來一天的尾聲。世良正在寫病患的出院概要。當時鐘的指針跨越日期更換線時，卻難得不見青木與值大夜班的護士。

世良獨自在深夜的護理站，眺望著預計年底出院的病患病歷。他拿在手上的病歷，上頭印著「飯沼達次」的名字。

世良翻閱著那份病歷，直到他看到潦草字跡寫下的手術紀錄時才停下動作。那是他曾經在哪看過、令人懷念的字跡。

世良看著上頭的手術紀錄，確認周遭空無一人後，才大聲地唸出那些文字：「主刀醫師高階、第一助手渡海、第二助手青木。手術開始時間：十五點十五分。全身麻醉後，於腹腔正中央進行開腹，腸道沾黏嚴重，分離困難。去除骨盆腔異物後引發出血，確認止血，縫合閉腹。手術結束時間：二十二點四十五分。渡海記錄。」

世良啪的一聲闔起病歷，他獨自發起牢騷來。

「只有這些？」

那天一直開到深夜的手術畫面，瞬間又浮上心頭。世良閉上雙眼，沉浸在回憶當中。

接著，他又碎念起來。「真是廢物啊……」

世良的表情稍微緩和下來。

話雖如此，渡海又是什麼時候寫下這份紀錄的呢？假裝跟世良揮手告別後，然後又偷偷繞回來補上的嗎？這完全不像討厭在下班時間工作的渡海會做的事。但是，這種充滿矛盾的行為，又很像是他會做的事。

渡海在辭去東城大學的工作前，大概先去看了飯沼先生的術後狀況，再將狀況記錄在病歷上吧！

世良拚命想像著渡海宛如實習醫生般忠實盡責的身影。

這種畫面感覺近在眼前，卻又令人覺得不太真實。

他忽地抬頭一看，深夜的護理站已被黑夜完全籠罩著。黑暗深處，似乎可以看到渡海的高大背影。他搖搖晃晃地走著，舉起一隻手揮了幾下，接著消失在黑暗之中。

在那之後，再也沒有人看過渡海征司郎。

紀念對談　吉川晃司（音樂家）×海堂尊

想做為少數族群持續奮鬥

——吉川晃司[21]曾在海堂尊的出道作《巴提斯塔的榮光》改編電影《白色榮光》中飾演天才外科醫生桐生恭一，留下了鮮明的印象。這次恰逢《黑色止血鉗1988》文庫化，我們順勢邀請親身體驗過海堂作品的吉川先生與海堂老師進行了一場會談。

誤以為是真正的外科醫師

吉川　因為您之前跟我說《黑色止血鉗》應該會比《巴提斯塔》有趣，所以我早在兩年前就買了這本書的單行本。

21　吉川晃司是日本著名作曲家兼創作歌手，也曾以演員身分出演電視劇或電影作品。

海堂 對對對，我還記得您那時跟我說「咦？不是紅色的嗎？」（笑）的確那時候的新作《染血將軍的凱旋》（暫譯）也備受大家期待沒錯啦！但我那時在說的是這本書啦！

吉川 《黑色止血鉗》真的很有趣！您說得沒錯，比起《巴提斯塔》，我的確更喜歡這部作品。我在讀這本書的時候，真是又緊張又刺激，卻又很期待接下來的發展。

海堂 謝謝您的喜歡。說到這個，我去看《白色榮光》拍攝的時候，本來還以為那個桐生醫生是別人扮的，因為那個動作真的演得很像，而且還戴著手術帽……

吉川 只看得到眼睛吼！

海堂 然後，拍攝結束時導演喊了OK之後，那個人露出臉時我還覺得「哇！好像吉川先生啊！」沒想到真的是本人。（笑）

吉川 我從須磨醫生[22]那裡收到特別訂做的止血鉗和其他道具，比一般的手術器械還要大，聽說一個要三十萬左右。我每天晚上都拿那些咖掐咖掐的，就像在單手玩搖滾樂那樣練習。

22 是日本首創巴提斯塔手術的心臟外科醫生須磨久善。海堂老師在《外科醫生　須磨久善》【講談社刊】裡有針對他做了詳盡的描述。須磨醫生同時也是電影《白色榮光》的手術場景指導。

但在正式拍攝的時候，總覺得還是做得不太好，然後須磨醫生就過來跟我說：「吉川先生你那樣不對，不是搖滾的感覺，應該要偏向抒情樂才對。」之後就都很順了……

海堂 一開始手套跟線也沒弄溼對吧！

吉川 對！因為現實中的手術應該會沾滿血，但一開始誰都沒注意到這點。不過可以的話，希望他能在我開始「抒情」前就告訴我「最好弄溼比較好喔！」（笑）

擷取人類的光影

吉川 我一直很好奇，像須磨醫生那種被大家稱作超級外科醫生的人，到底會在什麼時候露出私底下的一面，又要怎麼從被大家當作神的模式回到普通人的狀態。

海堂 我懂您想說的，雖然表現的方式不太一樣，但不管是誰，一定都有私底下的一面。有光亮就一定會有影子，絕對是這樣沒有錯。不過須磨醫生感覺沒有影子對吧！恐怕是因為他是一直高速跑在無人可及的制高點，我想那裡應該是沒有光亮也沒有影子的領域。吉川先生站在舞臺上時，看起來也是完全無敵的。

吉川 因為舞臺上是必須要無敵的領域。

海堂 對吧！在無敵的領域中，當然不會有影子嘛！

吉川 說到站在舞臺上，那可是我最開心的時候了！那跟在創作的時候完全不同。我在作曲時就像被逼到懸崖邊的感覺，尤其是交稿日前幾天，幾乎都無法睡覺，已經不知道自己到底在幹麼了。但那個時候寫出來的東西就會和之前其他作品的風格完全不同，海堂老師也有這種時候嗎？

海堂 也有啊！超越極限後，過往的一切就會瞬間啪——地，五光十色地從腦袋裡冒出……好像可以眺望到很遠的世界一樣。

吉川 像突然有了千里眼一樣呢！

海堂 對我來說，寫完大概的設定後，開始修稿那時是最開心的階段。但因為在思考設定的時候，一定得自己獨力完成才行嘛！那時候真的是想到什麼就寫什麼，結果故事完全搭不起來。

吉川 啊，就是從那之中再進一步創作《黑色止血鉗》的嗎？

海堂 與其說因此有了《黑色止血鉗》，那時候其實只有材料而已，就像在雕刻佛像之類的，最難的地方就是一開始要把那塊木頭雕出形狀的時候。我覺得這跟作曲的感覺應該滿類似的。

吉川 啊啊，原來如此啊！我是覺得海堂老師您寫的小說就像一首旋律，有快有慢。之前北方謙三老師也有說過，有節奏感的小說家不多。只要在小說裡加入旋律，情節也會變得更緊湊。雖然我一直很想嘗試，但還是做不太到。

海堂 我倒是被您在北方謙三老師《水滸傳》裡的解說[23]嚇了一跳，寫得真的很好！

吉川 是嗎？我還因為北方老師說的話覺得很生氣耶。「喂，你最近，雖然嘴巴上一直在講，但真的寫得出來嗎？寫不出來吧！」他這樣說耶！（笑）

海堂 太厲害了，北方老師還真會激人啊！（笑）

吉川 不過，果然還是花了滿多時間才慢慢「抓到」讀者的心的。

海堂 那可沒這麼容易喔！畢竟還要有速度感，就像作曲一樣吧！

吉川 對對，就像在奔馳一樣，把心中的歌快速寫下來的感覺，因為我只有這項武器。

一邊尋找「最佳解答」

吉川 老實說，我有滿多高中同學現在在當醫生的，他們都有看海堂老師的作品哦！然後他們就傳訊息跟我說，看完老師的作品後，真的一直想起八〇年

23 吉川先生曾為《水滸傳1～19》寫了一篇解說。

代時的醫院。

海堂 二十年前的樣子跟現在完全不一樣呢！現在變得很講究輩分跟禮貌了，所以如果是一九八八年的醫院，吉川先生也可以當外科醫生，但現在可能就無法了。（笑）

吉川 那我就要變成怪醫黑傑克對抗整個組織囉！不過海堂老師雖然嘴巴上這麼說，其實比誰都還努力在跟這個組織對抗不是嗎？還堅持自己這種人是少數，一般人像您書賣得這麼好的話，早就成為社會裡的多數了。與其坐在舒服的椅子上，您卻選擇繼續從醫，從內部去破壞這個體制，真是太帥了！

海堂 不，我也希望能坐在鬆軟舒服的椅子上。（笑）

《黑色止血鉗》是我剛進醫院一兩年的實際經驗。雖然隔了兩三年了，但我是以那時的經驗為架構來寫小說的，所以也有一些部分完全是自己過去的體驗。

吉川 就拿大學醫學中心制度來說，雖然正反面的影響都有，但因為廢止了醫學中心，現在好醫生都只待在都市而不想去鄉下，反而成了不好的結果。透過這些有趣的故事，許多人也能知道所謂的醫療現場現在到底發生了什麼事。這可是很重大的突破喔！我是真的這樣想的。

海堂 我認為一個成功的故事，就是能讓大家把這個故事當成自己的故事。換句話說，不管是誰，只要把自己融入到這個故事，就好像自己也當過醫生那樣。雖然我也可以用一樣的題目寫些紀錄性的傳記，但那樣就只是看完、然後就沒了。這是我最近常常在思考的事情，就是，希望大家在覺得有趣後，也能開始思考書裡面的相關議題。

吉川 大家應該都會覺得有趣吧！

海堂 拿《黑色止血鉗》來說好了，醫生在達到能夠拯救患者的程度前，必須不斷磨練著自己的技術，在那段期間一定會有人因此犧牲。那些犧牲的人又是怎麼想的呢？從他們眼中看來，使用已知技術或許是比較好的。但那麼一來技術就只能停在那裡，無法往前發展。我當時一直在思考這些事。

吉川 我接下來要說的是須磨醫生說過的話，但我也是這麼想的。他說，把手術當成一種技術是正確的嗎？

海堂 對，就是這個。須磨醫生是這類技術的天才，但如果一百個醫生裡面只有一個天才，能夠幫助的人有限。所以如果能同時提高這一百個外科醫生的能力，對社會來說應該會比較有幫助吧？

吉川 所以海堂老師是覺得，像高階那種醫生應該多一點比較好囉？

海堂 不是，不能直接得出這個答案。如果沒有須磨醫生那種天才外科醫生也會很麻煩的。結果還是得一邊尋找「最佳解答」一邊前進呢！

吉川 嗯？

海堂 要找出最佳解答，最好的解答。我說的不是正確解答，而是最適合的解答。不過，如果那個解答真的是最適合的話，只要一個條件改變，答案也會跟著改變吧！

吉川 的確。

海堂 所以說，到底什麼才是正確的，我自己也無法得出結論。我的作品裡，意外地有滿多這種沒有絕對答案的結局。不管我怎麼絞盡腦汁，還是想不出一個答案。

自己感到厭倦之後就退出

吉川 話雖如此，您一直都有很多東西想寫吧！

海堂 想寫的東西嗎？的確是這樣沒錯，但不如說，我是因為覺得寫作很開心才會一直寫的。如果哪天不開心了，應該就不會再寫了。這應該跟吉川先生覺得唱歌很開心是一樣的心情吧！

吉川 但要寫那些對我來說很痛苦耶！

海堂 畢竟要想嘛！不過，唱歌的時候很快樂吧！

吉川 唱歌的時候是很快樂，就是因為這樣才會一直做下去的，但在寫歌詞的時候實在是很痛苦。

海堂 我懂我懂，但您應該是因為真的很喜歡唱歌，所以就算寫歌詞很痛苦，還是可以忍耐吧！

吉川 講到這個我又要提到北方老師了，「我在寫文章的時候快樂得要死，完全不會覺得痛苦！」「騙人的吧！其實您偷偷在心裡覺得很討厭吧？」「完全沒有」，我們曾經有過這樣的對話。

海堂 不過，我也是這麼想的喔！

吉川 但絕對有靈感枯竭的時候吧！不可能有這麼多靈感的。我是覺得，在經歷靈感枯竭的過程中，內心也會因此產生什麼新的力量。

海堂 的確有聽過這種說法喔！還能開開心心地哼歌、寫些開開心心的故事時都還不算是真正的自己。我也滿認同這個說法的！不過，要是真的有人可以一輩子唱歌就跨越低潮的話，感覺也滿好的。

吉川 那種人就是所謂的天才了吧！

我啊……要是哪天感到煩了，就會直接引退了。與其說騙自己，讓自己感到有趣也滿重要的，不如說上了年紀後，最困難的就是提起幹勁了。而如果提起幹勁了，就又要去維持這份動力，就是這樣。我覺得只要能提起動力，然後又能維持的話，該怎麼做、還有現在正在做的事都能迎刃而解。

海堂　也可以去無人島或是當《假面騎士Skull[24]》之類的。（笑）

吉川　從第三者的角度看來，大概會覺得我正在迷惘吧！但光是在自己的世界鑽牛角尖，下個作品就會出來七成了。

海堂　那只要鑽兩次牛角尖，七成乘以七成就能完成一半了耶！我現在也像您一樣，正在構思跟以前完全不同的故事喔！須磨醫生的人物傳也是類似的作品。剛好前幾天，寫給國中生看的醫學書《人體說明書》也出版了。還有集我目前所有心血於大成的《黑色止血鉗》續集，《火焰手術刀》[25]也開始連載囉！

吉川　啊啊！您正在寫續集嗎？這些年輕人之後也會離巢獨立，成為新的「巴提斯塔團隊」吧！一定要快點寫出可以讓我出演的新作品喔！（笑）

■本書是將二〇〇七年出版的《黑色止血鉗1988》加以修改，並將文庫版上下兩冊統一成一冊出版的新裝版。

24　吉川晃司曾在綜藝節目中前往無人島生活，也在電視劇《假面騎士W》中飾演過假面騎士Skull。

25　於《小說現代雜誌》二〇〇九年九月號開始連載，後續連載完畢也集結成書。

逆思流

黑色止血鉗1988

（原名：ブラックペアン1988）

著　　者／海堂尊
執 行 長／陳君平
榮譽發行人／黃鎮隆
協　　理／洪琇菁
總 編 輯／呂尚燁
譯　　者／藍云辰
美術總監／沙雲佩
美術編輯／李政儀
執行編輯／丁玉霈
企劃宣傳／楊玉如、施語宸、洪國瑋
國際版權／黃令歡、梁名儀
文字校對／施亞蒨
內文排版／謝青秀

出　　版／城邦文化事業股份有限公司 尖端出版
台北市中山區民生東路二段一四一號十樓
電話：（〇二）二五〇〇—七六〇〇
傳真：（〇二）二五〇〇—二六八三
E-mail：7novels@mail2.spp.com.tw

發　　行／英屬蓋曼群島商家庭傳媒股份有限公司城邦分公司　尖端出版
台北市中山區民生東路二段一四一號十樓
電話：（〇二）二五〇〇—七六〇〇（代表號）
傳真：（〇二）二五〇〇—一九七九

中彰投以北經銷／楨彥有限公司（含宜花東）
電話：（〇二）八九一九—三三六九
傳真：（〇二）八九一四—五五二四

雲嘉以南／智豐圖書有限公司
（嘉義公司）電話：（〇五）二三三—三八五二
傳真：（〇五）二三三—三八六三
（高雄公司）電話：（〇七）三七三—〇〇七九
傳真：（〇七）三七三—〇〇八七

香港經銷／城邦（香港）出版集團有限公司
香港灣仔駱克道一九三號東超商業中心一樓
電話：（八五二）二五〇八—六二三一
傳真：（八五二）二五七八—九三三七
E-mail：hkcite@biznetvigator.com

新馬經銷／城邦（馬新）出版集團 Cite（M）Sdn. Bhd.
E-mail：cite@cite.com.my

法律顧問／王子文律師　元禾法律事務所
台北市羅斯福路三段三十七號十五樓

二〇二二年六月一版一刷

■中文版■

郵購注意事項：
1.填妥劃撥單資料：帳號：50003021戶名：英屬蓋曼群島商家庭傳媒(股)公司城邦分公司。2.通信欄內註明訂購書名與冊數。3.劃撥金額低於500元，請加附掛號郵資50元。如劃撥日起 10～14日，仍未收到書時，請洽劃撥組。劃撥專線TEL：(03)312-4212 ・ FAX：(03)322-4621。E-mail：marketing@spp.com.tw

國家圖書館出版品預行編目資料

黑色止血鉗 1988 / 海堂尊作；藍云辰譯. -- 一版. -- 臺北市：城邦文化事業股份有限公司尖端出版：英屬蓋曼群島商家庭傳媒股份有限公司城邦分公司尖端出版發行, 2022.06
面；　公分
譯自：ブラックペアン 1988
ISBN 978-626-316-940-1（平裝）

861.57　　111006513